Un endroit
où se cacher

Joyce Carol Oates

Un endroit où se cacher

Traduit de l'anglais (américain)
par Dorothée Zumstein

Wiz
Albin Michel

Joyce Carol Oates a commencé à écrire à quatorze ans. Elle est l'auteur de nombreux best-sellers, dont le roman *Blonde*, qui s'inspire de la vie de Marilyn Monroe. Elle a publié des romans, des essais, des nouvelles et de la poésie. Joyce Carol Oates a figuré deux fois parmi les finalistes du prix Nobel de littérature.

Titre original :
AFTER THE WRECK, I PICKED MYSELF UP, SPREAD MY WINGS AND FLEW AWAY
(Première publication : HarperTempest,
an imprint of HarperCollins Publishers Inc., New York, 2006)

Pour Gloria Whelan

Prologue

Suis allée quelque part et, à mon retour, maman n'était plus là.

Ce n'est pas ma faute. Faut pas m'en vouloir.

On franchissait le pont de Tappan Zee, en direction de l'est, avec le soleil dans les yeux. Le soleil était un œil rouge de colère, dans un banc de nuages maladifs. Le soleil était aveuglant, tapant dur sur le capot. La voiture de maman sur le pont de Tappan Zee, au-dessus du fleuve Hudson, à l'endroit où l'on sent les véhicules ballottés par le vent – même les jours où il n'y a presque pas de vent. Je tente de mettre un CD et l'appareil le rejette, ce qui se produit parfois et qui est super-agaçant, donc j'appuie à nouveau sur la touche CD, cette fois le CD reste enfoncé et je mets une main devant mes yeux pour me protéger des rayons aveuglants du soleil et soudain je vois un bébé cerf (ou peut-être un chien !) sur la voie juste devant nous – or maman ne semble pas l'avoir vu, prise de panique je hurle : « Maman ! Attention ! » et je saisis (peut-être) le volant ou m'efforce (peut-être) de le saisir ou bien c'est (peut-être) maman qui tourne le volant à cause de mon hurlement ou bien maman a (peut-être) vu le bébé cerf ou le chien ou bien (peut-être) était-ce un gros oiseau, comme un faucon ou une oie...

Et la voiture déploie ses ailes et *s'envole*.

C'est ce qui s'est passé ! Je le jure !

I

Dans le bleu

1

Dans le bleu, nous étions des oies des neiges et nous volions.

De grandes belles oies à plumes blanches mêlées à une volée d'autres oies. Nous volions en formant un V, nos longs cous tendus et nos yeux pareils à des fentes dans nos étranges têtes couvertes de plumes blanches. Et nos ailes !

Si vous aviez vu nos ailes, battant, battant l'air et chevauchant le vent !

Trois cents mètres au-dessus du fleuve, battant des ailes comme si nos vies en dépendaient.

Une chanson m'est venue à l'esprit.

J'ai su que vivre dans ce vieux monde serait dur, dur, dur
En voyant les oies sauvages battre vaillamment des ailes.

2

C'était le Temps de l'Oubli.

Dans le bleu a duré longtemps – j'aurais tant tant tant voulu que ça ne s'arrête jamais.

On dort beaucoup. On rêve, mais pas besoin de se rappeler quoi.

C'est comme faire défiler les 101 chaînes de télé sans le son. Une fois qu'on les a toutes passées en revue et qu'on est revenu au numéro 1, on a oublié tout ce qu'on avait vu, et on recommence alors depuis le début.

Ou bien non. D'un coup de pied, on balance la télécommande.

Des tas de chansons me traversaient la tête, en ce temps-là. Venues du ciel, elles fonçaient droit dans ma tête. Après, je les oubliais toutes. Sauf une :

C'est le pays du bleu
Sans toi : tel est ce lieu

3

... tellement heureuse, elle disait *Bien sûr que je t'aime Jenna, ma petite coccinelle d'amour. Et que je te pardonne.*

Tous les âges que j'aie jamais eus. *Dans le bleu*, on a le choix. J'avais quatre ans et les cheveux d'un blond pâle et soyeux, pas ce blond sale trop foncé, et maman me lisait une histoire, dans un livre avec des images, après le bain du soir, et quand papa était à la maison, parfois il m'en lisait une aussi, son corps pesant lourdement sur le bord du lit (mais il fallait que papa soit *d'humeur à ça*, prévenait maman, et ce n'était pas toujours le cas), et je voyais des lueurs me frôler comme des petits papillons, et ça voulait dire que, nageant dans le bonheur, je me laissais aller au sommeil.

Rien de ce que faisait Jenna, alors, n'était mauvais.

Rien de ce que faisait Jenna n'était mal.

Rien de ce que faisait Jenna ne pouvait nuire à autrui.

4

... tu te souviens de quelque chose, Jenna ? Tu peux nous raconter ce qui s'est passé ?

Sur le pont, Jenna. Avant...

... avant que ça n'arrive, Jenna. Avant l'accident.

Derrière mes yeux clos, un autre lieu... Les poutres d'acier du pont défilant au-dessus de nos têtes. Dans le ciel, quelque chose qui éblouit, comme du feu. Je me voyais presser du doigt la touche CD, et attendre que le disque soit à nouveau expulsé, ce qui m'aurait poussée à marmonner un « merde » assez discret pour que maman ne se sente pas obligée de murmurer un : « Enfin, Jenna... ! » avec une nuance de reproche.

Soudain, le cri des oies des neiges me perçait les oreilles. Où s'envolaient-elles ? Il faisait presque nuit à présent, l'œil rouge se refermait. Un vent froid et humide faisait frissonner le pont. On comprenait que le vent pouvait emporter n'importe quel pont, détruire sa structure, la réduire en miettes qui sombreraient dans le fleuve sans laisser de traces.

Comme j'aurais voulu voler avec elles ! J'aurais tout donné pour partir avec les oies des neiges, pourtant, je ne pouvais libérer mes bras, et j'avais la tête serrée dans un bandage, telle une momie.

Jenna, essaie de ne pas t'endormir tout de suite. Essaie de garder les yeux ouverts et de fixer un point précis. Jenna, il est capital que tu ne t'endormes pas...

Est-ce que tu nous vois, Jenna ? Est-ce que tu me vois ?

Cligne des yeux, Jenna. Si tu nous entends...

L'une de ces voix était celle d'une femme. Une inconnue. Je la détestais ! Elle me donnait envie de pleurer, de hurler. Ce n'était pas la voix que je voulais entendre.

Le vent me frappait de plein fouet ! Impossible de reprendre mon souffle. Je luttais, me débattais. Les autres oies s'éloignaient, malgré tous mes efforts pour les suivre. Elles étaient loin devant, avaient déjà atteint l'autre rive. À chaque battement d'ailes, elles devenaient plus petites.

Elles me faussaient compagnie. Elles m'avaient oubliée.

« Attendez-moi ! » je criais, mais elles ne m'entendaient pas.

J'ai commencé à comprendre que je m'étais trompée, qu'on ne m'avait pas aimée. Même *dans le bleu*, on ne m'avait pas aimée. Ma mère partait avec les autres en m'abandonnant, et il m'était désormais impossible de les rattraper.

J'avais oublié le nom du pont. J'avais oublié le nom du fleuve. Je savais que leurs noms m'étaient familiers, n'empêche que je les avais oubliés, tout comme j'avais oublié *son nom à elle* et le nom de *celle que je suis censée être* ; et quand j'ai entendu les voix prudentes, *Jenna ? Jenna ?* j'ai eu envie de donner des coups de pied, de crier, de me moquer d'un prénom aussi ridicule.

Des mains parcouraient mon corps. De loin, m'effleurant à peine.

Des mains me saisissaient, je détestais ça. Je me figeais, pour qu'ils croient qu'il n'y avait personne à l'intérieur. Je riais, sous les bandages, où j'étais une chose blanche et ratatinée comme une momie.

Ne te souviens pas. Ça sert à rien de se souvenir. Un éclat de rire, sous les bandages

Personne peut m'y forcer, ils peuvent pas !

Il n'y avait plus de Jenna. Seulement cette chose toute en rires et en coups de pied. Des mains en mousse de caoutchouc m'enfonçaient une aiguille dans le bras, là où la chair est tendre, à l'intérieur du coude. Certaines des piqûres faisaient mal parce qu'elles injectaient un liquide dans mes veines, d'autres parce qu'elles y puisaient du sang. Sous mes bandages, je riais, tout cela était si bête. *Qui se soucie de Jenna ? Laissez-la mourir ! C'est elle qui est responsable de l'accident, laissez Jenna mourir !* Mais personne n'écoutait. Je les entendais discuter au-dessus de mon corps misérablement maintenu par des sangles, mais eux ne m'entendaient pas.

Parmi eux, il y avait la femme dont la voix n'était pas la bonne. Le docteur Currin, comme je l'apprendrais plus tard. La neurologue. J'apprendrais aussi que le docteur

Currin avait pris la décision vitale de m'ouvrir le crâne pour réduire le gonflement dans mon cerveau, et que ça m'avait sauvé la vie.

Dans quel but, ne me le demandez pas.

5

De toutes les infirmières de l'unité de soins intensifs, Maria était ma préférée. Maria m'aimait bien.

C'était une période confuse. Je planais *dans le bleu* et, franchement, ne prêtais guère attention à tout ça. Des visages flottaient autour de moi comme des ballons. Je suppose que j'étais censée les reconnaître. *Dans le bleu*, il est plus facile de voltiger dans le bonheur et la sérénité, et de rire des gens parce qu'on les trouve si bêtes de s'inquiéter de ceci ou cela, d'avoir l'air anxieux, d'essuyer leurs larmes. « Ohé, ce n'est pas la mer à boire ! » avez-vous envie de leur crier.

Dans le bleu, c'est ce que je ressentais. Je n'étais jamais triste.

Mais quand je me suis réveillée, l'air était si râpeux. J'étais une vieille poupée de chiffon qu'on avait rouée de coups, tordue et balancée dans tous les sens. Si vieille et fatiguée. Ne désirant qu'une chose : retourner à jamais *dans le bleu*.

Maria m'appelait *Jenna*, sans savoir qui j'étais, ou qui

j'étais censée être. Je préférais penser que Maria n'était pas au courant, pour le pont de Tappan Zee. Qu'elle ne me jugeait pas responsable de l'accident.

Maria, qui portait en pendentif, sur une chaîne en or, une petite croix en or brillant. Maria, qui avait un parfum sucré de lotion pour les mains. Maria, avec ses beaux sourcils épais. Son fin duvet brun au-dessus de la lèvre supérieure. Sa façon de sourire et de m'appeler *Jenna*, qui me faisait soulever les paupières, pourtant si lourdes.

Jen-na. C'est l'heure du petit déjeuner.

Ce que j'avais faim !

Maria riait de me voir si affamée. On voyait qu'elle appréciait que j'aie faim et que je mange comme je n'avais pas pu le faire depuis longtemps. Maria m'a donné un supplément de jus d'orange, à aspirer avec une paille. Ohhh, ce qu'il était délicieux, ce jus d'orange. Et du bouillon tiède, loin d'être aussi bon. Exquise aussi, la tremblotante gelée à la fraise.

Le genre de nourriture qui, *avant l'accident*, m'aurait donné envie de vomir.

Avant l'accident, c'était ma vie d'avant, ma vie perdue. *Avant l'accident*, c'était de l'autre côté du pont.

6

Traumatisme crânien. Œdème cérébral. Amnésie. Lacérations faciales. Côtes fracturées. Des visiteurs venaient examiner l'espèce de bizarre momie ratatinée, dans son éblouissant lit blanc. *Ohhh, Jenna.*

Dans le bleu, je distinguais chaque mot. *Dans le bleu*, je distinguais chaque pensée. *Dans le bleu*, je souriais de trouver aux sœurs de maman l'air si choqué, triste et bête, comme si tout cela avait un sens. Mais je ne pouvais pas rire, un tel effort m'aurait déchirée en deux.

Jenna ! Oh, mon cœur.

Une voix que je reconnaissais. Pas celle que je voulais entendre.

Je n'allais pas me mettre à détester les sœurs de maman. Elles n'y étaient pour rien, si maman manquait à leur groupe.

Elle dort. Pauvre petite, regardez-la...

Mais elle nous entend.

... il ne faudrait pas vider ces récipients ? Le sang arrive presque à ras bord, il est si sombre...

Elle a le visage drôlement enflé. Oh... et s'il lui reste des cicatrices ?

Elle n'aura pas de cicatrices. Ça, ce ne sont que des éraflures. C'est le sommet de son crâne qui a heurté le pare-brise.

Jenna ? Tu nous entends ?

C'est ta tante Caroline, ma chérie. Et ta tante Katie. Tu t'es montrée très courageuse. Et maintenant, tu es en train de te remettre et de guérir et bientôt tout ira bien.

J'avais envie de rire. Quand on flotte *dans le bleu*, tout paraît si bête.

Une espèce de momie toute ratatinée, en chemise de nuit blanche, qui s'en soucie ? Un des yeux est rouge et enflammé, mais il est fermé. L'autre enflé et noirci comme une prune pourrie, mais il est fermé. Par un tuyau intraveineux, on perfuse du liquide dans l'intérieur de mon bras livide. Ça ne se voit pas, mais on a rasé la tête à la momie. Partout, sur mon répugnant crâne chauve, des points de suture noirs qu'on a eu la bonté d'emmailloter de gaze, pour le côté sexy.

Le plus bizarre, ce sont ces espèces d'antennes d'insecte qui pendouillent de mes oreilles bandées. Deux poches de plastique d'une contenance de cinquante centilitres sont attachées de part et d'autre de la tête de momie, de façon que le sang qui suinte des points de suture du crâne et du visage s'y écoule, après avoir transité par les tuyaux de plastique.

Beurk ! Sauf que, *dans le bleu*, c'est juste rigolo.

Les voix, toujours. Des voix tristes, cherchant à me remonter le moral. Des mains, un visage en mousse de caoutchouc. J'aimais mes tantes, j'imagine. Mais peut-être leur en voulais-je, parce que quelqu'un manquait à leur groupe.

... Il est censé arriver bientôt, mais quand ?

... demain, je crois. Si je le vois...

... non. On peut éviter cela.

Je n'avais pas envie d'entendre ça. J'ai secoué la tête, ce qui a fait vibrer les poches de plastique. D'un geste brusque, j'ai libéré mon bras du tuyau intraveineux. L'expression de mes tantes m'a fait rire. Soudain, j'ai volé au-dessus d'elles. *Dans le bleu* j'avais laissé s'échapper les belles oies des neiges, mais je pouvais m'élancer assez haut dans les airs pour échapper à mes tantes et à la momie ratatinée dans le lit. *Dans le bleu*, je respirais. Enfin, presque.

7

De loin m'est parvenue la voix – une voix masculine. Je la distinguais à peine, de l'autre côté d'une sorte de ravin, et le vent emportait ses paroles. *Dans le bleu* quelque chose m'a fait paniquer, mon cœur a bondi dans ma poitrine et j'ai tenté de m'éloigner en battant des ailes, mais l'une d'elles était cassée, je me suis élevée dans l'air, sans parvenir à voler. Puis je suis retombée sur le sol, si brutalement que j'y suis restée clouée une éternité.

Affaiblie par la stupéfaction et l'incrédulité, la voix m'a soudain paru toute proche :

– Jenna ! Mon Dieu...

L'œil tuméfié s'est ouvert péniblement. Steve Abbott était là, penché au-dessus de mon lit.

Sur le visage lisse et bronzé de papa, l'expression de celui qui vient de se prendre un coup de pied dans le ventre. Le regard qu'un homme peut porter sur un bien précieux – sa voiture de sport, par exemple – qui vient d'être vandalisé.

– Jenna ? Tu... me reconnais, n'est-ce pas ?

De mes deux yeux coulaient des larmes. Quelque chose devait clocher du côté de mes conduits lacrymaux pour que mes yeux pleurent sans raison.

– Peux-tu... parler ? Jenna ?

Respirer était déjà tellement fatigant. Garder les yeux ouverts également. Et être polie, gentille... J'étais fatiguée. J'ai néanmoins esquissé un sourire. Ou un demi-sourire. Ou pas de sourire du tout. L'expression de papa : il ne me rendait pas mon sourire.

Je ne l'avais pas vu depuis onze mois, et son voyage d'affaires à New York qu'il avait « prolongé » de deux jours pour pouvoir « discuter » avec moi.

Il nous avait quittées trois ans plus tôt. Trois ans, cinq mois et dix-sept jours, pour être plus précise. Le choc quand j'étais tombée, à mon retour du collège, sur le camion de déménagement dans l'allée, et sur les déménageurs emportant hors de la maison les affaires de papa.

Et le voilà ici, à m'expliquer qu'il serait venu me voir sur-le-champ, dans les vingt-quatre heures, mais qu'il voyageait alors en Asie, pour affaires – il était allé à Tokyo et à Hongkong et défaisait à peine ses bagages dans son hôtel de Shanghai quand on lui avait annoncé l'affreuse nouvelle... C'était tellement loin, l'autre bout de la terre, toutes ces complications inattendues qui l'ont retenu malgré lui... Impossible d'avoir un vol dans l'immédiat, voilà pourquoi il n'avait pu être de retour à temps pour...

J'avais les paupières trop lourdes, ne parvenais pas à garder les yeux ouverts. Injectés de sang, ils ruisselaient de larmes.

À temps à temps. À temps pour...

Ne pas entendre ça. Comme un grésillement... Un grésillement qui sort de la bouche de papa, un grésillement dans ma tête.

À temps pour assister à...

Ne pas entendre ça ! Je me suis désespérément efforcée de me redresser, de m'enfuir. Sauf que quelque chose n'allait pas dans mon bras, ou mon aile, ou mon aile-bras, lourde comme du plomb. Tout ce côté de mon corps, lourd et inerte comme du plomb.

Une comptine m'est venue à l'esprit, m'arrachant un sourire.

Ainsi font font font
J'ai le bras lourd comme du plomb

– ... et pour te voir, ma chérie. Ça m'a anéanti, d'apprendre ce qui t'était arrivé, mais...

Sa fille, cette chose desséchée comme une momie ?

– ... quand tu seras rétablie. Que tu auras repris assez de forces pour voyager. Viens vivre avec nous, Jenna. On a bien assez de place...

Nous. Viens vivre avec *nous*.

– Ça te plairait, ma chérie ? Dis oui, ma pauvre petite fille.

Ma pauvre petite fille !

Papa tentait de me toucher, d'une main maladroite. Sans trop insister.

– ... ta chambre, elle t'attend. Notre nouvelle maison est merveilleuse, à juste un demi-pâté de maisons de l'océan. Tu te rappelles, quand tu es venue nous voir, tu l'as reconnu toi-même, La Jolla est « sensass ».

Papa se remettait bien du choc. Ou cachait son jeu. Papa, qui s'appelait Steve Abbott et nous avait quittées, maman et moi, sans autre explication que : « Dans la vie, il se passe des choses contre lesquelles on ne peut rien... » Papa, avec sa figure bronzée et lisse comme un melon, son sourire décontracté... Toujours tiré à quatre épingles. « Un homme qui fait tourner la tête aux femmes », avait dit de lui tante Katie, admirative malgré sa désapprobation. Même pour cette visite à l'hôpital, papa était habillé classe : une chemise cintrée Armani, en soie bleu pastel, rentrée dans son pantalon gris perle. Ouverte sur la poitrine. Sa chevelure était plus fournie que dans mon souvenir.

Et maintenant, il était question de La Jolla, où l'on n'avait jamais besoin de porter de veste. Où le soleil brillait brillait brillait. Où vivait la « nouvelle famille » de papa. Où ma nouvelle chambre « m'attendait ». Où je pourrais intégrer, en septembre, l'école privée de La Jolla, tellement réputée... Papa avait eu mon neurologue au téléphone, qui estimait qu'il me faudrait quatre semaines de convalescence – physiothérapie dans un centre de rééducation incluse. Ce qui laissait tout de même le temps d'organiser mon changement de lycée. Car, apparemment, la nouvelle femme de papa avait des relations. Un proche ami de la famille – ou un proche ami d'un ami de la famille – était l'un des administrateurs de l'école, dont l'« influence » pouvait être déterminante.

À nouveau, papa a tâtonné pour me toucher. Pour prendre ma main.

La main d'une poupée de chiffon : flasque, froide, molle.

Pas une main capable de former un poing. Pas une main prête à frapper, frapper, frapper.

Quelle peine ça lui a fait ! Il l'a répété. Quel bouleversement ! Le choc à l'annonce d'une pareille nouvelle... Indescriptible ! Sa première pensée avait été pour moi, bien sûr... Son soulagement, en apprenant que j'avais survécu. Puis il avait encaissé le choc, pauvre Lisbeth. (Papa était quand même parvenu à prononcer le nom de maman. Dit trop précipitamment, vide de sens, il se résumait à sa seule sonorité.) Un accident tragique, inexplicable, des plus insolites à ce qu'il semblerait, sans véritables témoins à l'exception de l'autre conducteur, qui était dans un état critique... Les mots de papa se sont peu à peu confondus avec le bruit d'un ventilateur, sur le mur, bien au-dessus de ma tête. Le bourdonnement des machines était continu, en soins intensifs. Un bruit réconfortant comme celui des vagues, de l'air qui vibre. J'étais très fatiguée et j'aurais voulu parler à papa, mais ma gorge était nouée. J'ai sombré dans ma tête de momie, qui étouffait les mots de papa. *Avant l'accident*, j'avais ma façon à moi de zapper les gens – en souriant, pour faire comme si je les écoutais. *Après l'accident*, sourire me demandait un trop grand effort.

... ces deux – ou bien trois – dernières années... Oh, ma chérie, un jour tu comprendras. Je n'ai pas été un père parfait, en tout cas, pas selon les critères de ta mère. Je n'ai pas voulu être méchant... J'étais surtout confus, maladroit... Quand tu seras plus grande, tu comprendras, Jenna, bien que je ne sois pas en train de chercher à me justifier, un jour tu verras qu'on peut cesser d'aimer quelqu'un et qu'on n'y est pour rien, et que personne n'y est pour rien, c'est une sorte d'accident ça aussi, c'est la faute de personne et sincèrement, ma chérie, ça n'avait aucun rapport avec toi, en fait c'est pour ton bien que je suis resté si longtemps avec ta mère, elle m'a dit que tu te sentais responsable, eh bien ma chérie, ne va surtout pas t'imaginer une chose pareille, *tu sais que ton papa t'aime, ma chérie, alors rétablis-toi ma chérie, je t'en prie mon cœur, on m'a dit que tu t'étais montrée si courageuse. Je vais me rattraper, je te jure.*

Ne pas entendre ça. *Dans le bleu*, j'étais dispensée des paroles des inconnus. L'ombre d'un faucon géant a plongé sur moi. Des faucons à larges ailes s'élevaient haut dans le ciel, au-dessus du fleuve, puis se laissaient tomber en vrille pour saisir leurs proies. J'ai frissonné, me suis contractée. Papa s'est penché sur mon lit pour m'embrasser le front. Sans trop regarder le goutte-à-goutte relié à ma main, mon bras couvert de bleus et jauni par les piqûres. Sans trop s'attarder sur mes yeux injectés de sang.

Quand il m'a embrassée, je me suis faite toute petite.

– ... me touche pas ! Non !

J'avais la voix rauque. Mais c'était une voix.

La première fois que je parlais depuis l'accident.

8

Dans le bleu, je volais, les ailes déployées. *Dans le bleu*, je flottais, légère comme une plume. *Dans le bleu*, je me moquais de l'expression de papa.

Tu vois, papa, maintenant je n'ai pas besoin de toi. C'est avant l'accident que maman et moi avions besoin de toi, plus maintenant.

9

– Eh, Jenna. Tu es une fille d'enfer !

Possible. C'est ce que j'aurais voulu penser. En traînant la jambe, lourde comme du plomb. N'empêche que j'étais debout, et que les infirmières n'en revenaient pas. J'avais quitté les soins intensifs pour une chambre d'hôpital normale, et la promesse qu'on me laisserait sortir bientôt.

Je ne passais plus autant de temps *dans le bleu*, alors. Juste la nuit.

Tous s'extasiaient de me voir « récupérer », de me voir « me rétablir » si vite. Trois fois par jour à me « dégourdir les pattes » dans le couloir où donnait ma chambre, afin d'éviter l'« atrophie musculaire ».

Maria avait les yeux brillants. Maria était comme une grande sœur.

Qui me hissait hors de ma chaise roulante, me faisait tenir debout, m'aidait à marcher. La fichue aiguille de l'intraveineuse, toujours plantée dans mon bras, était reliée à la tringle à roulettes du goutte-à-goutte. Vous avez dit *bizarre*...

Dans le couloir, on croisait d'autres patients occupés à se dégourdir les jambes, traînant eux aussi leur goutte-à-goutte. Plus âgés que moi, pour la plupart. Certains avaient désormais la mollesse des poupées de chiffon. Même les hommes se déplaçaient avec prudence, s'attendant visiblement à être foudroyés par la douleur.

– Bonjour, Jenna.

– Eh ben, Jenna, t'as drôlement bonne mine !

Je tentais de me rappeler leurs noms. Des gens plus âgés, des adultes, dont les noms m'échappaient – sauf à les rencontrer à tout bout de champ, ou être obligée de les connaître, comme des professeurs.

Maria m'impressionnait : elle avait des muscles. Dans les bras et les épaules, des muscles compacts et durs.

J'étais très musclée des jambes, grâce à la course. *Avant l'accident*, je m'étais efforcée de courir chaque jour. Mais *après l'accident*, à la seule pensée de courir, il y avait de quoi se marrer.

– Vas-y, ma grande ! Tu es une fille d'enfer !

– Oui, bien sûr. D'*enfer*.

Ça fait mal quand je ris. Comme si, dans ma poitrine, on secouait des éclats de verre brisé.

Depuis que j'avais dit à mon père que je ne le connaissais pas et ne voulais pas qu'il m'embrasse, je me sentais plus forte. Ma vision redevenait normale, sauf quand j'étais fatiguée.

L E N T E M E N T, c'est comme ça qu'on marchait, Maria et moi. Déambuler dans les couloirs de l'hôpital, c'est comme faire le tour d'un pâté de maisons : on tourne à chaque angle, pour revenir à son point de départ.

Dans le bleu, j'avais pu éviter ça. M'appuyer sur Maria, comme un vieux machin au dos cassé. Respirer par la bouche, le souffle court. M'efforcer de ne pas voir le regard que des inconnus posaient sur moi.

À qui j'aurais voulu dire :

– Vous me trouvez amochée ? Vous auriez vu de quoi j'avais l'air quand on m'a tirée de la voiture après l'accident !

Dans le bleu, nul ne me regardait jamais avec pitié.

Dans le bleu, il y avait toujours une lumière douce. Ici, tout était aveuglant et râpeux comme du papier de verre.

– Essaie de ne pas respirer par la bouche, Jenna. On va se reposer une minute. À présent, respire profondément. Allez, vas-y !

Maman disait souvent : « Je regrette que tu sois enfant unique. »

J'aurais voulu dire à Maria que je l'aimais. J'aurais voulu demander à Maria d'être mon amie, pas juste maintenant, mais pour toujours.

Sauf que je me souvenais : *après l'accident*, pas question de me remettre à aimer quelqu'un.

Pourquoi ? Parce qu'ils s'éloignent à tire-d'aile, vous laissant seule.

Trop risqué.

Une terrible tristesse s'est abattue sur moi. Je ne pouvais pas aimer Maria, c'était ridicule. Impossible de retourner dans l'équipe de course à pied – même au niveau le plus bas. C'était encore plus ridicule.

J'étais presque parvenue à ma chambre, mais mes jambes ont fléchi, et j'ai dû me rasseoir dans la chaise roulante. J'avais le visage en feu et je sentais les pulsations de mon sang dans mon affreuse tête rasée. Maria n'en finissait pas de me féliciter de mes efforts, de me répéter que je faisais tous les jours des progrès, sa croix dorée jetant des éclairs au-dessus du col en V de son uniforme blanc. C'est alors que je me suis entendue dire :

– Tu n'es pas obligée d'être gentille avec moi, Maria. À moins que ça ne fasse partie de ton travail.

10

Des gens venaient me rendre visite. Maintenant que j'étais sortie des soins intensifs.

Et que je n'étais plus aussi horrible à voir. Plus aussi pitoyable.

Des copines. Quelques mecs. Certains de mes profs. Meghan Ryder, l'entraîneuse de l'équipe féminine de course.

M'apportant des cadeaux pour fille blessée : des fleurs, des bonbons, des animaux en peluche, des livres de poche aux couvertures pastel.

Quantité de membres de la famille. (Presque exclusivement du côté de maman.)

Dans sa main hyperpuissante, Mme Ryder a pris la mienne. Quand elle souriait, on voyait ses joues se tendre, comme un élastique sur lequel on tire. Dans l'équipe de course, on se demandait quel âge avait Mme Ryder. Il y en avait qui disaient vingt-cinq, vingt-six ans, d'autres qui la pensaient plus âgée, dans les trente ans... À présent, en observant les ridules au coin de ses yeux tandis qu'elle s'efforçait de me sourire, je la jugeais encore plus vieille. Elle m'a dit, avec une gaieté forcée, que je me remettrais à marcher, à courir, elle en était sûre.

– La physiothérapie, a précisé Mme Ryder.

C'était ça le secret : la physiothérapie. Ça faisait des miracles.

Souris souris ! J'avais des crampes à force de sourire. Ou bien mes visiteurs en avaient. Ou moi, à force de les voir sourire. Ou peut-être étaient-ce leurs regards désolés qui me fatiguaient ?

Tante Caroline s'en est rendu compte. Tante Caroline semblait gérer la situation. Quand elle me voyait fatiguée, elle priait mes visiteurs de partir.

Parfois, je fermais les yeux. Pour les zapper. Un mec de mon cours d'anglais avec qui j'étais plus ou moins amie, pas un petit copain – mais bon, j'avais quand même un peu craqué pour lui... Il était là, à l'hôpital, tout nerveux, à ne pas savoir quoi dire, et comme je ne pouvais rien pour lui, j'ai fermé les yeux, et soudain j'ai vu les oies des neiges planer haut dans le ciel et disparaître *dans le bleu*, j'aurais tout donné pour les rejoindre.

Lorsque j'ai ouvert les yeux, du temps avait passé. Une aide-soignante m'a annoncé que c'était l'heure de ma prise de sang.

C'est *dans le bleu* que je passais mes meilleurs moments. *Dans le bleu* qui m'attendait, quand je fermais les yeux.

... essaie de ne pas te rendormir, ma chérie. Le docteur Currin dit que...

Tante Caroline était une véritable amie pour maman. Pas seulement sa sœur. Elles deux, racontant en riant comment, au fil des ans, elles avaient dû unir leurs forces contre Katie, la sœur aînée, la Chef.

Je n'avais pas les idées claires, je ne me rappelais pas où habitait ma tante. Maman et moi étions allées la voir... Dans le New Hampshire, un trajet en auto parmi les collines... Des fleuves, des ponts, des lacs. Un long lac maigrichon qui ressemblait, sur les cartes, à une ligne verticale. Elle habitait désormais chez nous, m'a-t-elle expliqué. Pour pouvoir me rendre visite tous les jours. Et veiller à ce que tout se passe bien. Assise près de mon lit, elle se contentait parfois de me tenir la main, et nous ne parlions pas, et j'avais le sentiment que maman entrait dans la chambre, essoufflée et souriante, et disait à tante Caroline, nous voyant ensemble :

Oh Carrie, comment tu as fait pour arriver avant moi ?

Oncle Dwight m'a rendu visite. Et mes petits cousins Becky et Mikey.

Tante Caroline me tenait la main. Tante Caroline me mouchait le nez.

– On va s'occuper de toi, Jenna. Si tu ne veux vraiment pas aller vivre chez ton père.

Dans le bleu, il n'y avait pas papa.

Dans le bleu, il n'y avait pas non plus tante Caroline.

11

Dis-nous ce qui s'est passé, Jenna.

Il s'est passé quoi, sur le pont de Tappan Zee, Jenna ?

Fais un effort, Jenna. Il n'y a pas d'autres témoins...

(Pas d'autres témoins ! J'apprenais ainsi que le chauffeur du camion n'avait pas survécu.)

La voiture de ta mère a laissé des traces de dérapage sur les deux voies. Avant que la voiture ne heurte le parapet de la voie de droite, et ne fasse une embardée qui l'a projetée sur la voie de gauche et sur ce parapet. Et...

Les pneus du camion ont dérapé sur environ dix mètres avant la collision. Nous estimons que le chauffeur roulait à vingt-cinq kilomètres au-dessus de la vitesse maximale autorisée quand il a commencé à freiner...

(Quel genre de camion c'était ? Je me le demande. Un de ces semi-remorques gros et moches ou un truc plus petit, genre camion de livraison ? Je n'avais pas vu venir le camion. Je ne crois pas. N'avais pas vu le chauffeur, derrière le pare-brise. Je n'allais pas m'informer de son nom, ou de quoi que ce soit d'autre à son sujet.)

... vraiment de rien ? La moindre information que tu pourras nous donner, Jenna. Pour nous aider dans notre enquête. Le tout est de savoir...

... de savoir pourquoi la voiture que conduisait ta mère a fait une brusque embardée dans le parapet de droite. Pourquoi ta mère a-t-elle soudain perdu le contrôle de son véhicule à environ mi-parcours sur le pont... ?

(Perdu le contrôle ! Maman n'a pas perdu le contrôle ! Tirez-vous, je vous déteste tous les deux.)

On ne veut pas te bouleverser davantage, Jenna. Tu as subi une terrible épreuve et tu t'es montrée très courageuse, mais tant que l'enquête n'aura pas répondu aux questions de façon satisfaisante, impossible de lancer la demande d'indemnités. Le médecin-conseil a émis l'hypothèse que...

Si tu pouvais te souvenir, Jenna ! Tu es le seul témoin à avoir survécu à ce terrible accident.

(Non, il n'y a aucun témoin. Aucun témoin survivant.)

12

Mais je l'ai vu. Il était là. Je l'ai vu.

Je ne demanderais rien aux enquêteurs. Ne leur poserais aucune question. Un brouillard pâle et glacé m'embrumait le cerveau. J'étais épuisée. Une vieille poupée de chiffon bonne pour la poubelle. Je n'y étais pour rien, j'avais déjà oublié de quoi j'étais censée être responsable. Je refusais d'y penser. Y penser me faisait trop mal à la tête. Et j'avais mal aux yeux à cause du soleil aveuglant. Mal à la peau à cause des lacérations et des points de suture. J'avais oublié le bébé cerf. Ou bien était-ce un chien ? Je ne me souviens pas. C'était peut-être un chien. Une silhouette comme celle d'un cerf, ou d'un chien. Devant nous sur la route. Une oie se laissant soudain tomber de la formation en V d'un bruyant vol d'oies, au-dessus de moi... J'avais déjà oublié, ce n'était pas ma faute. Je ne me rappellerais pas avoir crié *Maman ! Fais attention !*

Ni rien de ce qui s'était passé après.

Je ne m'en souviendrais pas ! Et nul ne saurait.

Je ne demanderais pas aux enquêteurs s'ils avaient trouvé quelque chose dans les débris du véhicule. La réponse, je la connaissais déjà : ils n'avaient pas mentionné y avoir trouvé le cadavre d'une quelconque créature.

Ni bébé cerf, ni chien, ni oie. Rien.

13

– Jenna, je croyais que tu savais. C'est du Demerol.

– Quoi, du Demerol ?

– Pour atténuer tes douleurs. Il est injecté dans tes veines au moyen du tuyau. C'est un analgésique, un anti-douleur.

J'étais choquée. Sans doute était-ce bête de ma part.

Ne pas avoir saisi ce qu'aurait compris n'importe qui : *dans le bleu* était un fichu trip dû à la drogue.

Maria m'a expliqué que le Demerol était un dérivé de l'opium et qu'on m'en désaccoutumait peu à peu. À mesure que la souffrance et l'inconfort diminuaient, le docteur Currin réduisait les doses – ce qui expliquait pourquoi j'avais du mal à m'endormir ces derniers temps.

– On est obligé de les réduire progressivement, pour qu'il n'y ait pas de réactions de sevrage, Jenna. Mais il va falloir arrêter, pour éviter que tu deviennes accro. C'est le risque avec les dérivés de l'opium, c'est pourquoi les médecins doivent être très prudents quand ils les prescrivent.

J'avais du mal à percuter. *Dans le bleu* n'était que cela ? L'effet d'un médicament sur mon cerveau ? *Dans le bleu*, où je pouvais voler, flotter, et essayer de retrouver maman pour lui expliquer que j'avais réellement vu quelque chose sur le pont, et que j'avais eu une vraie raison de crier et de saisir le volant comme je l'avais (peut-être) fait. *Dans le bleu* où maman et moi pouvions être ensemble... *Dans le bleu* n'existait pas ?

Maria a dit :

– C'est un médicament dont on peut faire mauvais usage. Comme tous les psychotropes. L'héroïne et la cocaïne, par exemple. Quand on a affaire à ces drogues, on apprécie leur pouvoir. Mais si on est malin, on évite à tout prix de les essayer.

Je me suis efforcée d'en rire. En fait, j'étais écœurée et effrayée.

Maria a poursuivi sur un ton d'infirmière scolaire, répétant que nul ne devait jamais goûter à ces drogues parce que, même si l'on n'en devient pas automatiquement dépendant, on ne peut s'empêcher de comparer ce qu'on ressent quand on les prend avec sa vie habituelle.

– Parce que rien ne sera jamais aussi bon.

Il y avait de la mélancolie dans sa voix. Je n'ai pu m'empêcher de me demander ce qu'elle en savait de par sa propre expérience.

Alors que je décrochais du Demerol, je commençais à sentir la différence.

Dans le vif, c'est l'effet que me faisait le monde, désormais. Mes sentiments étaient à vif, mes pensées vives et douloureuses comme des lames de couteau.

Tout n'était qu'angles coupants et bruits assourdissants qui me faisaient tressaillir, et les lumières étaient si vives : où que je regarde j'en voyais plus que je ne voulais en voir. Et la douleur, une douleur de plus en plus forte dans mes muscles, mes articulations, mes os et mon cerveau.

Dans le bleu, c'est là que j'avais pu me cacher. À présent, *dans le vif*, il n'y avait nulle part où se cacher.

14

Nulle part où se cacher ! L'étonnement de tante Caroline, les larmes coulant de mes yeux.

Elle m'a demandé pourquoi, et j'ai dit que je voulais rentrer à la maison.

Que je voulais rentrer tout de suite.

– ... ma chambre à moi ! J'ai ma chambre à moi dans ma maison à moi. Je déteste cette chambre, je déteste ce lit, je déteste cet endroit ; maman et moi, on a notre maison à nous. *Je veux rentrer chez moi.*

Aussitôt, tante Caroline a pris ma main, ou plutôt mon poing serré, elle m'a desserré les doigts et les a mêlés aux siens. Puis elle a serré ma main, avec force.

– Oh, Jenna, je sais.

15

Bonne nouvelle : dans trois jours, on me laisserait sortir de l'hôpital de Tarrytown.

Moins bonne nouvelle : dans trois jours, j'intégrerais le centre de rééducation de Tarrytown pour y poursuivre ma physiothérapie.

– ... va falloir être réaliste, Jenna. Tu comprends qu'on va devoir vendre la maison.

Tante Katie, sombrement satisfaite. Je détestais ses ridules d'expression, au coin des yeux, semblables à celles de maman. Et détestais ses yeux qui, sans être beaux, étaient du même bleu pâle moucheté de noisette que les beaux yeux de ma mère.

Et il y avait tante Caroline. Elle avait les cheveux blond foncé, zébrés de mèches plus claires – la couleur de maman avant qu'elle ne se mette à grisonner.

La maison de Hillsdale Street, Tarrytown, dans l'État de New York, avec sa façade en bardeaux et ses trois chambres à coucher. Située à deux pâtés de maisons du fleuve Hudson. La propriété, qui constituait l'essentiel du patrimoine de Lisbeth Abbott, allait être vendue sans tarder, m'a-t-on annoncé.

Le mari de Katie m'a expliqué la situation. J'évitais autant que possible de l'appeler oncle Daniel. C'était un avocat fiscaliste, dont les yeux ne brillaient d'intérêt que lorsqu'on parlait argent.

Mais maman et moi vivons là. C'est là que nous vivons, maman et moi.

J'étais d'humeur merdique, pas coopérative pour deux sous. Je n'avais pas apprécié qu'une maladroite aide-soignante me pique la cuisse, ce matin-là, en s'efforçant de me faire ma millième prise de sang. J'étais *dans le vif* à fond à présent. Ma voix résonnait comme du papier de verre frotté sur du papier de verre. J'ai rétorqué que je comptais retourner dans la maison, et mes deux tantes m'ont répliqué que je ne pouvais pas sérieusement envisager ça. Je n'avais que quinze ans ! J'étais mineure, pas adulte.

Et puis la maison était « lourdement » hypothéquée.

Et on avait « terriblement » besoin d'argent pour l'hôpital et les frais médicaux. Sans parler du centre de rééducation. L'assurance de ma mère ne couvrirait pas tout. Quant à son assurance-vie, dont j'étais bénéficiaire, elle ne représentait pas une somme importante.

Je ne voulais pas entendre ça ! C'était comme si elles critiquaient ma mère, quand elle n'était pas là pour se défendre.

On me l'a patiemment expliqué : mon père était mon tuteur légal.

On me l'a bien précisé : tant que j'étais mineure, je devais faire ce que mon père souhaitait.

– Eh bien, je ne le ferai pas. Personne ne peut m'y forcer.

– Jenna, a dit tante Caroline d'un ton suppliant, sois raisonnable ! Tu es sous la garde de ton père, désormais.

– Non. Il ne m'aime pas.

Cela sur un ton furieux, buté, geignard. Une gamine de dix ans.

– Bien sûr qu'il t'aime, Jenna. Ne va pas t'imaginer que...

– Il ne me connaît même pas ! Il ne sait pas qui je suis.

Comment auraient-ils pu dire le contraire ? C'était une évidence.

Les adultes ont échangé des regards. Pauvre Jenna !

– Je suis sûre qu'on ne peut pas m'enchaîner et me menotter comme une prisonnière pour m'obliger à grimper dans un avion ! Qu'on ne peut pas m'obliger à déménager là-bas, à vivre avec papa et sa « nouvelle famille » dans leur quartier privé ultrachic, et à suivre les cours de la « prestigieuse école privée » ! Maman n'aurait pas voulu que j'habite avec eux... C'est pas juste. Tout ce que je veux, c'est vivre avec...

Je me suis interrompue. Tous se taisaient. De mes yeux coulaient des larmes brûlantes comme l'acide.

Papa était un double papa, désormais. Sa nouvelle famille ne consistait pas qu'en une nouvelle jeune épouse rousse. Il y avait aussi le nouveau fils.

Ce que ça m'agaçait ! C'était ridicule.

Papa n'aimait pas les enfants. Ce n'était pas un secret. Il avait eu sa dose, avec moi. Quand j'étais petite fille et que je demandais pourquoi je n'avais pas de frères et sœurs, mon père me rétorquait : « Tu es arrivée en premier, ma chérie. Et une comme toi, ça me suffit. »

Je n'avais pas su l'interpréter. Longtemps, j'ai voulu penser que ça signifiait que j'étais exceptionnelle.

Avant l'accident, papa m'avait envoyé une série de photos de sa « nouvelle » maison et de sa « nouvelle » famille. La maison à deux niveaux sur les hauteurs de La Jolla – genre hacienda espagnole, avec toit de tuiles orange vif, palmiers sortis d'un décor en carton-pâte, patio, murs en stuc blanc et merveilleuses fleurs écarlates. Le ciel était bleu, mais paraissait dur comme l'émail. Différent de *dans le bleu*, où l'on pouvait flotter, dériver et disparaître dans ses propres pensées.

J'avais rapidement passé en revue les photos, mettant de côté celles que je ne voulais pas voir. Celles-là, je les avais déchirées en petits morceaux.

Mais il y avait mon nouveau frère, Porter.

Porter ! Un prénom absurde pour un gosse de sept ans, avec un visage pincé de petit écureuil.

C'était le deal, visiblement. Sans Porter, papa n'aurait pas pu avoir Deirdre, l'épouse rousse et sexy. Les deux formaient un package.

Je m'apprêtais à faire des confettis de la photo de Porter quand j'ai surpris son regard. Dans son visage, j'ai vu le léger, vague et incompréhensible sentiment de perte que j'éprouvais moi-même. C'était bizarre... Ça m'a fait penser à ce film de Spielberg, *Intelligence artificielle*, et à cet enfant-robot rêveur, à la recherche de sa maman humaine. Dans les profondeurs bleues de l'océan et dans l'immensité de l'univers et de l'éternité, le petit robot cherche sa belle et vaniteuse mère humaine, qui ne l'aime pas. Et cette mère n'est – on le voit bien – qu'une femme on ne peut plus banale, prise dans une existence mesquine et ne méritant pas l'adoration du petit garçon.

Pas comme ma mère. Y avait pas meilleure maman que la mienne.

J'essayais d'expliquer ça à mes tantes et à oncle Daniel, mais ils n'avaient pas l'air de saisir. Si l'on vendait la maison de maman, ce n'est pas moi qui y vivrais, mais des inconnus. Plus personne, dans la maison, pour se souvenir de maman ou de moi.

– Si maman savait, elle en penserait quoi ?

Peu après, fin des visites pour la soirée.

16

Rééducation ! A priori, ça sonne vraiment bien, ça sonne « positif ». Mais quand on y est, en rééducation, c'est autre chose.

Au centre, il m'arrivait d'être une ado de quinze ans très mûre pour son âge. Quand je n'étais pas un bébé braillard de quinze mois qui se crispait et donnait des coups dans tous les sens, de peur qu'on ne le touche.

– Jenna, tu ne te rétabliras jamais totalement si...

Je ne me rétablirai jamais totalement de toute façon. Ils rêvent ou quoi !

– ... bien, Jenna. *Ça*, c'était excellent.

Vraiment ? Pourquoi je me sens tellement à bout, alors ?

La physiothérapeute qu'on m'avait assignée se prénommait Devon. Une fille d'un mètre quatre-vingts, à la peau mate et aux cheveux tressés à l'africaine. Il fallait bien la regarder pour réaliser que ce n'était pas une jeune fille, mais une femme qui connaissait son affaire.

Devon m'avait confié avoir été, à mon âge – ou un peu plus tard –, une nageuse de niveau quasi olympique.

Devon m'avait laissé entendre qu'elle m'aimait bien, mais qu'elle n'avait peut-être pas confiance en moi. *Après l'accident*, je faisais visiblement cet effet à un tas de gens.

Devon était tout en muscles, souple et féline. Un de ces félins robustes et musclés comme les lions, et non sveltes comme les guépards.

Le plus souvent, Devon me couvrait de louanges. Parlait de mon « courage », de mes « aptitudes athlétiques », de ma « coordination motrice ». Cela, quand je ne m'étalais pas en une masse informe sur le tapis de sol où elle me dirigeait dans mes exercices. Quand je ne hurlais pas de douleur comme un chat qu'on égorge. Quand je ne la repoussais pas à coups de pied, telle une mioche qui pique sa crise. Quand, à l'extrémité peu profonde de la piscine miniature du centre, je parvenais à barboter sur quelques mètres sans haut-le-cœur ou vomissements.

– Tu vois, Jenna ? Tu peux y arriver. Tous les jours, il y a du progrès. Et mes patients, je ne leur raconte pas de conneries !

Évidemment que si. C'est ton boulot.

Devon m'a dit avoir appris par mes tantes (« des dames vraiment gentilles et attentionnées, tu en as de la chance ») que j'avais pratiqué la course. Elle le voyait, aux muscles de mes jambes.

Cinq minutes dans la piscine et je haletais. Impossible de reprendre mon souffle. Chaque muscle, articulation, os de mon corps était douloureux. J'aurais voulu crier *On est après l'accident, maintenant rien n'est plus pareil.*

Soudain, j'ai demandé à Devon ce qu'elle savait de la collision.

Avait-elle vu quoi que ce soit à la télé ? Lu quelque chose dans le journal ?

Tante Caroline et tante Katie ne m'avaient montré aucune coupure, à supposer qu'elles en aient eu. Aucun de mes visiteurs n'avait parlé, si ce n'est pour compatir sur « ce qui était arrivé », « l'accident », « ce terrible drame ». Vu que j'avais perdu connaissance quand ma tête avait heurté le pare-brise et ne m'étais réveillée qu'aux urgences, j'ignorais ce qui s'était passé après que la voiture eut percuté le garde-fou de la voie de droite et, jusqu'ici, je n'avais pas voulu le savoir. Mais voilà que je demandais à Devon ce qu'elle savait. Devon m'a fixée quelques instants, surprise, se passant la langue sur les lèvres comme si elle était nerveuse, et m'a dit en baissant la voix qu'elle n'avait pas vu grand-chose dans le journal, étant donné qu'elle ne le lisait pas tous les jours, mais qu'elle avait vu un reportage à la télévision. La Honda blanche de ma mère avait défoncé le garde-fou du pont suite à la collision avec le gros camion et s'était retrouvée là, les roues avant se balançant au-dehors du pont – la partie arrière de la voiture, prise dans l'amas de tôles écrasées, l'avait empêchée de tomber. Quelques minutes plus tard étaient arrivés les véhicules de secours, les éclairs lumineux... Le pont de Tappan Zee avait été fermé à la circulation, si bien que les voitures et les camions avaient provoqué, à ses deux extrémités, un embouteillage de près de treize kilomètres... Remarquant mon expression, Devon s'est interrompue. Elle avait beau être costaude et féline, elle ne paraissait pas très sûre d'elle à présent.

– Je ne devrais peut-être pas te raconter ça, Jenna. Si... enfin... si personne ne l'a encore fait. Il vaut peut-être mieux que tu ne saches pas.

J'ai eu un rire. Du moins, il me semble. Le coassement chuintant que pourrait émettre une grenouille écrasée par un pied puissant.

– Combien de temps la voiture s'est-elle balancée au-dessus du vide, Devon ? Tu le sais ?

Devon a frissonné.

– Le mec avec qui je vis, il voulait regarder. « Waouh ! qu'il a dit, c'est un vrai cauchemar ! » Parce que sur les images qu'on voyait, la voiture n'avait pas encore été remontée. Toi et ta mère étiez encore à l'intérieur, j'imagine. Moi, je me suis précipitée hors de la pièce. Pas question que je voie ça. Je me suis bouché les oreilles, aussi. Je ne voulais pas entendre. Si cette voiture tombait, et que la télé la chopait en train de plonger dans l'Hudson, je ne voulais pas en être témoin, *non merci*.

Rééducation ! Ça sonne si bien, si « positif ». Mais être « en rééducation », c'est l'enfer sur terre.

17

En août, papa est revenu à Tarrytown, me rendre visite au centre de rééducation.

Tout sourire, à me dire que j'étais belle comme un cœur. Il reconnaissait enfin sa fille.

Il espérait, disait-il, que je lui permettrais de « se rattraper » – pour tout ce temps où il n'avait pas fait partie de ma vie.

Et que j'aimerais ma « nouvelle famille », à La Jolla.

Dans son poing droit, une demi-douzaine de roses dans de la cellophane plissée. Ces roses lisses et inodores, qui ont l'air d'être en plastique, leurs tiges coupées chaussées d'affreux petits réservoirs remplis d'eau.

J'ai pris les roses des mains de mon père. Reniflé les pétales qui ne sentaient rien. Murmuré un « merci ».

J'ai vu, à son regard, que papa était soulagé que je marche à nouveau. J'avais repris quelques kilos perdus. J'avais de nouveau des couleurs. Peut-être conserverais-je quelques cicatrices sur le visage, mais pour s'en rendre compte, il faudrait vraiment y regarder de près.

L'épouse n° 2, Deirdre, n'avait pas accompagné papa. Elle me transmettait ses amitiés.

Je suis restée silencieuse. Je n'avais pas d'amitiés à transmettre à Deirdre.

Papa s'est excusé de ce qu'elle n'ait pas pu venir avec lui, mais elle était très prise en cette période de l'année. Je n'en occupais pas moins ses pensées. Elle se demandait pourquoi ma demande de transfert à l'école privée de La Jolla ne leur était pas encore parvenue.

– Si tu comptes commencer à l'automne, tu as une place garantie pour le moment, mais...

Au centre, Steve Abbott était très populaire auprès des infirmières. Ça se voyait.

Tout sourires, il distribuait à la ronde les bonjour-bonsoir. Papa était si reconnaissant : il n'avait plus à avoir honte de sa fille, désormais.

Une auxiliaire de soins m'a pris les roses pour les mettre dans un vase. Une femme séduisante, qui avait aussitôt adressé un grand sourire à M. Abbott.

Je me sentais fatiguée après ma séance de l'après-midi avec Devon, un peu comme une poupée de caoutchouc battue à coups de pied et à coups de poing. Si la demande d'inscription à l'école privée de La Jolla n'avait pas été reçue par le doyen, c'est qu'elle n'avait pas été envoyée. Mon relevé de notes du lycée de Tarrytown n'avait pas été reçu parce qu'il n'avait pas été envoyé. Expliquer ça à papa risquait de causer trop d'ennuis.

– Tu n'as pas l'air de beaucoup songer à l'avenir, Jenna, mais moi, j'y pense.

J'ai marmonné que si, j'y pensais aussi. Mais que ça me fatiguait parfois, c'était tellement vaste.

– Pardon, Jenna ? Tu peux répéter ?

J'ai répété ce que je venais de dire. La bouche de papa s'est tordue en une espèce de sourire.

– Vaste ? Je ne vois vraiment pas le rapport. On doit juste envisager ton avenir immédiat, la prochaine étape de ton existence. Je croyais qu'on s'était entendus, quant à ton transfert...

Papa a jeté un coup d'œil à sa montre. Il m'avait prévenue : cette visite serait rapide. À New York, il ne reprendrait pas l'avion pour la Californie, mais pour Sydney, en Australie. Il serait absent douze jours, durant lesquels Deirdre serait en contact avec moi.

– J'ai parlé à tes tantes, mais je ne saisis pas bien quelle était la situation financière de ta mère au moment de...

Papa s'est interrompu, visiblement mal à l'aise.

– ... de l'accident. J'espère qu'elle était à peu près normale. J'ai tenté d'aider Lisbeth du mieux que je pouvais, mais avec ma nouvelle famille et mes nouvelles responsabilités, ce n'était pas facile. Au moins, il y a une assurance vie qui te désigne comme bénéficiaire. Et un testament en bonne et due forme...

Testament ! Je détestais ce mot.

Maman n'est pas morte, elle est ailleurs. Là où tu ne peux plus lui faire de mal.

J'ai souri à cette pensée. C'était peut-être vrai, en un sens.

À La Jolla, a continué papa, je poursuivrais ma rééducation, ainsi que l'autre genre de thérapie (psychologique ?). Ce ne serait pas donné, mais bon, la vente de la maison de Tarrytown aiderait à financer mon traitement.

Il était temps de partir pour l'aéroport. Papa était un homme qui aimait mettre fin à ses visites. Cette façon qu'il avait de consulter sa montre avec un discret froncement de sourcils, comme s'il redoutait le temps, tout en étant rassuré de constater qu'au moins, il passait. Un dernier serrement de main, un dernier baiser. La promesse de m'appeler, « et n'oublie surtout pas de laisser ton portable allumé, et de t'occuper des formulaires, pour l'école privée de La Jolla ».

– S'il te plaît, papa. Je ne veux pas y entrer.

– Hein ?

– Je ne veux pas entrer dans ce lycée. Je ne viens pas vivre à La Jolla.

J'ai dégluti. Ma voix était étrangement calme. Papa me fixait comme si je baragouinais dans une langue étrangère.

– ... peux pas te pardonner. Tu as été cruel avec maman, et tu l'as fait souffrir, plus que tu n'aurais dû. Moi aussi, tu m'as fait du mal et maintenant tu veux tout réparer. Mais tu ne peux pas. On est après l'accident.

Debout, papa me toisait de toute sa hauteur. À son regard choqué a succédé ce regard tranchant comme l'acier que j'avais gardé en mémoire. Ce regard signifiant : *Ne me provoquez pas ! Ni l'une ni l'autre !*

Ma voix s'est mise à trembler. Papa m'a touché le bras et l'émotion m'a soudain submergée. J'avais l'impression de sombrer, comme si je voulais qu'il me serre dans ses bras. Sauf que papa disait, avec amertume :

– Ta mère t'a dressée contre moi... Évidemment ! *Cruel*, c'est un mot à elle. J'ai juste voulu dire la vérité, et ne pas me comporter comme un hypocrite. Tu m'en veux, mais ta mère, tu en fais quoi ? Si elle avait conduit plus prudemment, elle n'aurait pas provoqué l'accident qui l'a tuée et qui a bien failli te tuer toi aussi !

Je n'en croyais pas mes oreilles ! Mon père reprochait à maman d'avoir causé sa propre mort.

– Ce n'était pas la faute de maman, ce qui s'est passé... c'était ma faute ! C'est moi qui suis responsable...

– Quoi, Jenna ? Qu'est-ce que tu dis ?

– Je... je ne sais pas. Je crois que c'était ma faute. En tout cas, maman n'y est pour rien.

Ma gorge s'est nouée. Je tremblais. J'avais besoin de puiser des forces au plus profond. *Dans le bleu* était désormais perdu pour moi, mais j'ai tenté de me rappeler ce que ça avait été... Le ciel s'ouvrant sur l'infini, au loin des oies des neiges battant des ailes, disparaissant de mon champ de vision.

Attendez-moi, emportez-moi...

Papa m'avait saisie par les épaules et me secouait. Mes yeux se sont rouverts.

Papa me disait que j'étais malade, « déséquilibrée et ayant besoin de suivre une psychothérapie ».

Dieu sait comment, je suis parvenue à me libérer de lui, de ses doigts crispés sur mes épaules. J'ai placé une chaise entre lui et moi pour qu'il ne puisse plus m'attraper et me faire mal. Bizarre, comme il ne touchait jamais maman, juste moi. Il me secouait, me grondait, me terrifiait tant que, figée, je n'osais même pas pleurer. Et maman regardait et le suppliait de me lâcher, les yeux ruisselants de larmes. Ce n'est que lorsqu'elle avait supplié, dit les mots justes, les mots apaisants, que papa me lâchait. Et que j'étais libre de partir en courant.

À présent, je n'avais pas peur – enfin, peut-être un peu. Mais tout se passait si vite. Même mes jambes ne me faisaient presque plus souffrir, alors que j'avais hurlé de douleur quand on me guidait dans mes exercices.

D'une voix frémissante mais forte, j'ai dit à mon père que je ne voulais pas vivre avec lui et sa nouvelle famille.

– Si tu essaies de m'y obliger, je fuguerai ! Je ne t'aime pas. Pas après ce que tu as fait à maman.

Papa avait le visage écarlate, soudain beaucoup moins beau. Je l'entendais haleter de colère. Une mèche de cheveux humides, à l'aspect métallique, lui retombait sur le front.

– Jenna, tu es hystérique ! Tu as quinze ans, tu as vécu une expérience terrible, traumatisante. Ta mère a failli te tuer, et *ça*, tu ne peux pas l'accepter. Tu...

– J'ai dit que je ne t'aimais pas ! Je ne veux pas de toi comme père ! On est après l'accident, maintenant, papa. Tu ne peux pas me faire de mal.

L'air choqué de papa. Pour une fois, il saisissait le message.

18

Personne ne voulait que je sache. Mais moi, je voulais savoir.

Évidemment que j'avais peur. C'était peut-être une erreur. Mais après que Devon m'eut parlé, j'avais besoin d'en savoir un maximum.

Mes doigts tremblaient tandis que je tapais les mots clés : LISBETH ABBOTT, TAPPAN ZEE, COLLISION. Sur l'écran de mon ordinateur apparut :

COLLISION FRONTALE
SUR LE PONT DE TAPPAN ZEE
1 MORT, 2 BLESSÉS GRAVES
CIRCULATION BLOQUÉE SUR 8 KILOMÈTRES

UNE FEMME DE TARRYTOWN ET SA FILLE
EXTIRPÉES D'UNE VOITURE EN ÉQUILIBRE
À 15 MÈTRES AU-DESSUS DE L'HUDSON
COLLISION FRONTALE ENTRE UNE VOITURE ET UN CAMION.

LES SECOURISTES DÉGAGENT LES VICTIMES
DE L'ACCIDENT. LA MÈRE ET LA FILLE COINCÉES
40 MINUTES DANS LE VÉHICULE

PAS DE TÉMOINS DANS LA COLLISION DU TAPPAN ZEE

J'ai fixé les photographies, les yeux noyés de larmes. Il m'a fallu un moment pour distinguer la voiture qui dépassait absurdement du garde-fou, ses roues avant suspendues au-dessus du vide. C'était une vision cauchemardesque, dont on ne pouvait se détourner. Les téléspectateurs avaient regardé, fascinés. La voiture était une telle épave qu'elle n'avait même plus l'air d'une voiture, et encore moins de celle de ma mère. On ne voyait rien, au-delà des vitres brisées, aucune forme humaine dans l'habitacle. Les photos avaient été prises depuis un hélicoptère de police faisant du surplace à quelques mètres à peine de l'accident. Il devait aussi y avoir une caméra vidéo. Je me demandais qui étaient ces secouristes qui avaient risqué leurs vies pour nous extirper de la voiture en de telles circonstances, ma mère et moi.

Aurais dû mourir avec maman dans l'accident. Ça, tu le sais.

Les yeux rivés sur l'écran, j'ai senti une main sur mon épaule et j'ai levé les yeux. C'était tante Caroline.

Elle m'avait rapporté mon ordinateur de la maison. Sans se poser de questions sur l'usage que j'en ferais.

– Oh, Jenna.

Tante Caroline a délicatement refermé l'ordinateur. Je m'attendais à ce qu'elle me gronde mais, sans un mot, elle s'est penchée vers moi et m'a serrée contre elle. Il me semble qu'elle pleurait. Je ne crois pas que je pleurais, moi. Du couloir nous parvenaient des voix inconnues.

C'était mon dernier jour au centre de rééducation. Désormais, mes blessures seraient secrètes.

II

Au lac Yarrow

1

Après l'accident, mes blessures resteraient secrètes, je l'avais décidé.

Et on ne me ferait plus jamais mal, je l'avais décidé.

2

5 septembre 2004. Yarrow Lake, New Hampshire.

Alors que nous roulons dans la ville de Yarrow Lake (population : 11 300 habitants), ma tante Caroline me demande soudain si ça me dirait qu'elle fasse un crochet par le lycée où je dois commencer les cours la semaine prochaine. Aussitôt, prise de panique, je songe *Non ! Pas encore.* Mais tante Caroline n'enregistre pas, pas plus qu'elle n'a enregistré les trois quarts de ce que je n'ai pas dit pendant les cinq heures de trajet depuis Tarrytown. Nous passons donc devant le lycée de Yarrow. C'est un bâtiment à deux niveaux, en brique terne, avec frise blanche au bois rongé par les intempéries, et clocher en retrait de la rue. Juste derrière, des terrains de sport, des courts de tennis et une piste de course apparemment correcte. Une image digne d'illustrer un calendrier du type « Villages de Nouvelle-Angleterre », sauf que le feuillage n'a pas encore pris les couleurs de l'automne – il fait, début septembre, aussi chaud qu'en été. À des kilomètres de distance, on aperçoit les montagnes Blanches, couvertes de denses forêts de pin, et qui sont belles à voir même si elles ne sont pas blanches (ou du moins pas encore). Caroline s'extasie sur le lycée, comme elle s'extasie sur la plupart des choses, *essayant d'être maman, maman comme elle se la rappelle*. Elle me raconte que son mari Dwight McCarty y a obtenu son bac en 1977, qu'il adorait ce lycée et y a été capitaine de l'équipe de softball. Dieu sait pourquoi elle me raconte ces choses qui remontent à une éternité. Pourquoi les adultes ont-ils le sentiment de devoir vous dire le moindre truc qui leur passe par la tête, à propos de n'importe quoi ? Comme si le fait de vous taire et de garder un visage inexpressif signifiait que vous AVIEZ JUSTEMENT ENVIE D'ÉCOUTER ÇA ! Alors qu'en fait, vous N'ÉCOUTEZ PAS ! Sauf que je dois quand même écouter puisque j'entends ma tante dire que l'enseignement sportif pour les filles est censé y être très bon.

– Mais Dieu merci, au lycée de Yarrow, ils ne sont pas obsédés par le sport, comme dans d'autres établissements du New Hampshire. Ici, l'objectif, c'est de...

Tante Caroline tourne dans l'allée courbe du lycée et fait le tour du bâtiment, avec le sourire d'un agent immobilier qui espère vendre une propriété à un acheteur potentiel – lequel se contente de regarder, ne laissant rien paraître. Sur une banderole couleur cuivre déployée entre les colonnes, au-dessus des portes, on lit, en lettres noires :

BON RETOUR ! LES COURS REPRENNENT LE 8 SEPTEMBRE.

Mon cœur s'est mis à battre de terreur et de colère.

La fureur m'empêche de parler.

Tarrytown me manque, mon ancien lycée me manque, mes amis me manquent. Et ma maison, et ma chambre... Ne voulant même pas imaginer à quel point maman va me manquer, je m'oblige à penser à autre chose.

En fait, je n'ai pas répondu aux e-mails de mes amis, n'ai pas non plus rappelé ceux qui m'ont laissé des messages. Les préparatifs de départ, la fin de ma physiothérapie, c'était déjà trop d'efforts... Voilà que je suis là, à fixer la façade du lycée de Yarrow. Où je ne connais personne, où je ne veux connaître personne. Et où personne ne voudra me connaître.

– Tante Caroline, je ne peux pas... peux pas faire ça.

Peut-être ma voix est-elle étouffée, tante Caroline ne semble pas l'entendre.

Comme une enfant têtue, j'ai la main crispée sur la poignée de la portière. Si seulement il me suffisait, pour m'échapper, d'ouvrir la portière, de sauter dehors et de partir en courant !

Or je suis toujours incapable de courir. Je suis « en train de me remettre ».

Cinq heures dans la voiture avec ma tante : vers l'est depuis Tarrytown, pour le Connecticut, puis vers le nord et la route 7, pour le Massachusetts. Au nord et à l'est jusqu'au Vermont et enfin le New Hampshire, sur l'autre rive du fleuve Connecticut (le pont, à Lebanon, m'a tellement fichu la frousse que j'ai dû fermer les yeux et me mordre la lèvre pour me retenir de gémir). Combien de fois, au cours de ces cinq heures, mes doigts ont-ils cherché en douce la poignée ? *Je pourrais ouvrir cette portière. Défaire ma ceinture de sécurité, ouvrir la portière et sauter avant que tante Caroline n'ait eu le temps de saisir ce qui se passe et de m'en empêcher.*

Une pure divagation. Complètement idiote. Je ne ferais jamais ça.

De folles pensées qui me traversent l'esprit, telles des lueurs clignotantes.

Comme mon idée de vivre seule dans la maison de Tarrytown. Mon idée qu'une fille de quinze ans puisse vivre seule. Assister aux cours de son ancien lycée comme si de rien n'était. Comme si rien n'avait changé (sauf que maman est partie ; sauf que papa vit à près de cinq mille kilomètres de là). Stupide rêve de Demerol.

Tante Katie m'en a informé, de sa voie aiguë tout étonnée :

– Enfin, Jenna ! La maison a été vendue. On croyait que tu le savais.

J'entends ma propre voix pleine de colère, comme sortie de nulle part :

– Je la rachèterai peut-être un jour. Personne ne pourra m'en empêcher !

Cette fois, Caroline m'a entendue parler. Sans rien comprendre à ce que je raconte. Il me faut donc lui expliquer, pour la maison, et c'est embarrassant. On dirait que je dors les yeux ouverts. Sous l'emprise de rêves puissants.

– Quelle bonne idée ! répond tante Caroline d'un ton prudent. Oui, un jour, peut-être...

Alors je me dis : il n'y a pas que maman qui me manque. *Dans le bleu* aussi.

– Eh bien. Nous y voilà !

Elle se gare dans l'allée au 339, Plymouth Street. Où, aussi loin que remontent mes souvenirs, elle a toujours vécu avec mon oncle Dwight McCarty, dont ma mère disait qu'il était un homme bon, gentil et convenable. (Maman était peut-être un peu mélancolique quand elle parlait du mari de sa sœur.) Plymouth Street est une des jolies rues résidentielles de Yarrow Lake la provinciale, mais la maison des McCarty, vieille demeure blanche de style colonial aux volets couleur rouille et à la cheminée de brique rongée par le mauvais temps, est l'une des plus petites du bloc. Des années durant, maman et moi sommes allées rendre visite à ma tante et à sa famille en été. La maison m'est donc familière, à l'intérieur comme à l'extérieur. Or elle a quelque chose de bizarre à présent, sans que je puisse dire quoi. Mes jeunes cousins Becky (dix ans) et Mikey (sept ou huit ans) se sont précipités dehors pour nous accueillir, suivis par leur souriante baby-sitter. Oncle Dwight est encore au bureau. Architecte, il travaille pour une entreprise du coin. À la façon dont mes cousins me regardent, dont Becky lance un « Salut Jenna ! » un peu timide et dont Mikey reste un peu en retrait, plissant les yeux ou jetant des regards déconcertés à sa mère, je me dis que mes petits cousins ont saisi qu'il manquait quelqu'un.

Tante Caroline les a préparés à ne manifester aucune surprise quand ils me verraient, à ne pas demander où était tante Lisbeth. Le fait est que mes petits cousins ne m'ont jamais vue sortir de quelque véhicule que ce soit, dans leur allée, qu'accompagnée de leur jolie et souriante tante Lisbeth.

Je me baisse aussitôt pour embrasser Becky, puis Mikey. Je tiens mes yeux fermés pour retenir les larmes prêtes à couler sur mes joues.

Plus tard, je songerai : les enfants n'ont pas seulement remarqué l'absence de leur tante, mais aussi qu'il y avait quelque chose de changé chez leur cousine Jenna. Cette façon que j'ai de marcher, comme si je m'efforçais de ne pas sentir la douleur dans mes jambes et mon dos ; mon teint encore livide ; cette expression forcée et figée sur mon visage ; sous les maxillaires, des cicatrices aussi fines que des virgules – qu'on ne voit que si on met le nez dessus ; et peut-être ai-je encore avec moi cette triste odeur chimique, cette odeur d'hôpital qui picote les narines.

Ou bien je les serre trop fort. Je serre mes petits cousins contre moi comme une femme revenue d'entre les morts et forcément, c'est flippant pour des enfants de cet âge-là.

– Becky, Mikey ! lance joyeusement tante Caroline. Soyez mignons : aidez-nous à transporter les affaires de Jenna à l'étage, dans sa chambre. Vous savez laquelle c'est.

3

Ne me parlez pas ne me touchez pas !

Je m'efforce de me rappeler que je l'aime, ma « nouvelle » famille.

Ma tante Caroline et mon oncle, Dwight McCarty. Mes petits cousins Becky et Mikey.

Et ma nouvelle chambre, la chambre d'amis du premier étage, où j'avais coutume de dormir quand maman et moi venions rendre visite aux McCarty. Soudain, alors que je commence à défaire mes bagages et à pendre mes affaires dans le placard, je réalise que la dernière fois que je me suis trouvée dans cette même chambre à défaire ma valise, en août il y a un an de ça, maman était tout près... En train de défaire ses bagages dans sa chambre à elle, peut-être, ou en bas, avec tante Caroline. J'ai reformulé mon souhait, rouge de colère : *je veux qu'on me rende ces moments-là !*

Le temps présent, je le déteste. Je tremble et j'ai la nausée.

Ma « nouvelle » chambre. Trop nunuche pour moi.

Tante Caroline s'est donné beaucoup de mal pour les rideaux, faits d'une espèce de tissu plissé lavande. De toute façon, je déteste les rideaux, je voudrais les arracher. Le papier peint imprimé est dans les tons lilas, le plafond d'un blanc uni. Le plancher de cette vieille maison (oncle Dwight est fier du fait que la maison date du XVIIIe siècle, et que le parquet soit « d'origine ») est inégal et hérissé d'échardes... N'empêche que je déteste porter des chaussures quand je suis dans ma chambre. JE DÉTESTE LES CHAUSSURES ! Dieu sait comment, une de mes tennis vole et atterrit à l'autre bout de la pièce, heurtant au passage une lampe à abat-jour à volants, qui manque de tomber à terre. J'ai un fou rire, à ne plus pouvoir respirer. J'ai balancé cette tennis, mais on dirait que c'est mon bras qui a fait le coup, les muscles de mon bras, pas *moi*.

Tante Caroline m'a dit : « Repose-toi, ma chérie. Après ce long et épuisant trajet en voiture. »

Tante Caroline aime me toucher, caresser mon épaule, mes cheveux.

C'est ce que font les mamans. C'est plus fort qu'elles. Elles constatent que vous souffrez, il leur faut vous toucher. J'essaie de ne pas laisser voir ma réticence.

Même quand maman me touchait – c'était fréquent – et que je n'étais déjà plus une petite fille, j'avais tendance à renâcler, comme le fait un chat quand il n'est pas d'humeur à se faire câliner.

Je ne veux surtout pas qu'on me touche les cheveux. Je déteste mes cheveux. Pas étonnant que papa m'ait regardée avec dégoût.

Après l'accident, on m'a rasé la tête pour me faire des points de suture, et ce qui repousse ressemble à des bouclettes de bébé. J'étais blond foncé avec des reflets plus clairs, et voilà que mes cheveux sont d'un bizarre brun argenté, comme quelque chose que le soleil a fané. Je déteste mon reflet dans le miroir – qui sait si je ne vais pas retourner tous les miroirs de la pièce ?

Mes valises, qui étaient celles de maman, sont ouvertes sur le lit à baldaquin. Tante Caroline a proposé de m'aider à ranger mes affaires et à pendre mes vêtements dans l'armoire, mais non merci. De la plus grosse valise, j'ai sorti des photos encadrées à disposer aux quatre coins de la pièce : rebords de fenêtre, bureau, dessus de commode. Sur la plupart, maman et moi en train de sourire. Maman semble avoir toujours la même tête, alors que mon âge et ma taille diffèrent d'un cliché à l'autre. Bizarre de constater que, sur la photo la plus récente, maman et moi sommes à peu près aussi grandes tandis que, debout et côte à côte, nous nous tenons par la taille.

La première chose que je verrai le matin. Et la dernière quand, le soir, j'éteindrai la lampe, sur ma table de chevet.

4

– Jenna. Comment vas-tu, ma chérie ?

Oncle Dwight s'empresse de se lever et vient me serrer dans ses bras, légèrement embarrassé. Je me raidis, comme pour signifier : *Ohé, pas besoin de me serrer comme ça, je suis une grande fille.* Peut-être oncle Dwight est-il surpris par mon sourire figé, ou par la casquette de velours blanc que je porte bien enfoncée sur la tête.

Peut-être oncle Dwight est-il surpris de me voir ici, dans sa maison. C'est parce que c'est un chic type, mais surtout parce que c'est le mari de ma tante Caroline, qu'il a accepté de jouer les beaux-pères.

– ... bonne mine ! Drôlement content de te voir...

Ça doit faire bizarre d'être l'oncle de quelqu'un. Rien que le mot *oncle*.

Dwight McCarty est un de ces hommes mûrs à lunettes brillantes, un homme « gentil », parlant d'une voix douce. Au lycée de Tarrytown, la moitié des filles que je connaissais avaient des pères semblables à mon oncle Dwight – des hommes à qui on jetait à peine un coup d'œil... On souriait, on répondait à leurs questions un peu maladroites, on s'écartait et on filait vite fait et si quelqu'un, une minute plus tard, vous demandait de quoi ils avaient l'air, vous n'auriez rien su répondre – pas même dire s'ils étaient chauves ou s'ils avaient des cheveux. Mon papa à moi n'était pas ce genre-là. C'est pourquoi maman et moi l'avons perdu.

– ... c'est demain que tu t'inscris. Caroline dit qu'elle t'y conduira. Je suppose que tu sais que je suis allé au lycée de Yarrow, jusqu'en...

Derrière mon oncle, des bruits et un tourbillon d'images – la télé, qu'il était en train de regarder. Ce sont les actualités sur CNN, un reportage en direct de l'enfer. Le Moyen-Orient, je suppose. L'Irak, peut-être. Ou Israël. Une attaque suicide à la bombe. Seize morts, trente-deux blessés. Une femme serrant contre elle un enfant (tué ? blessé ?) en hurlant, sauf qu'on n'entend rien, à part la voix sérieuse et excitée du commentateur américain : « Attaques d'insurgés à Bagdad ». Nouvelle séquence : des sirènes, un jaillissement de flammes, des camions renversés, des gens courant dans une rue, terrorisés, se piétinant les uns les autres dans la panique pour échapper à... à quoi ? J'ai dû me mettre à fixer l'écran au lieu d'écouter ce que me disait mon oncle. J'ai les mâchoires qui tremblent bizarrement et les yeux baignés de larmes parce que les sirènes sont assourdissantes, les sirènes font mal, et voilà que ma tante Caroline agrippe mon bras, ma main, m'appelle Jenna, Jenna-mon-cœur, mais je ne l'écoute pas non plus, j'ai les yeux rivés sur l'écran noir

– maintenant que mon oncle s'est empressé d'éteindre la télé.

Plus tard, j'aide tante Caroline à coucher Mikey. Becky suit, qui veut retarder le moment d'aller au lit, bien qu'elle soit fatiguée et bougonne. Et vient le tour de Jenna, qui ne va pas vraiment se coucher, mais se contente de fermer doucement la porte de sa chambre à dix heures, en assurant à sa tante que tout va bien.

Sauf qu'elle a l'impression de pouvoir entendre, malgré les murs qui les séparent, son oncle murmurer à son propos : *Tu aurais vu son expression quand elle a entendu les sirènes ! Pendant un moment horrible, j'ai cru qu'elle allait s'évanouir ou être prise de convulsions.* Et tante Caroline de rétorquer : *On va devoir faire attention, Dwight. Essaie d'éviter de regarder ce genre de nouvelles à la télé si tu penses que Jenna est dans les parages. On va devoir s'adapter pour vivre avec ma nièce. Je t'avais dit que ce ne serait pas facile.*

Au milieu de la nuit, je me réveille en sueur dans ma chemise de nuit en coton. Sans doute l'effet du médicament à base de codéine que je prends chaque soir avant de dormir s'est-il dissipé.

En cas de douleurs, dit la notice.

Au milieu de la nuit, accroupie dans la salle de bains qui communique avec ma chambre, je compte anxieusement les comprimés blancs et ventrus qu'il me reste : seulement trois.

Et une ordonnance non renouvelable.

5

… dans le rêve, je cours. Maman me regarde (je le sais, semble-t-il, bien que je ne la voie pas) et ce qui est d'abord le jardin situé tout près de chez nous à Tarrytown se transforme en une piste. Je cours sur une piste en terre battue, c'est une course que je dispute, notre équipe affronte les filles d'un autre lycée du Westchester et maman assiste à ça quelque part dans les gradins, et je suis tellement heureuse de pouvoir à nouveau courir vite sans que mes douleurs aux genoux ou aux reins me fassent tressaillir… Mes pieds s'élancent, mes foulées sont longues et assurées, je ne vois plus le visage des autres filles qui parcourent la piste, à bout de souffle je me propulse encore, et encore ! Je mène la course ! Dans la dernière longueur mon cœur bat fort fort fort et voilà que je franchis la ligne d'arrivée… C'est moi qui remporte le 800 mètres, des gens me félicitent, mais il faut que je trouve maman, il faut que maman voie que j'ai gagné ma course, la présence de tous ces autres gens me trouble et m'empêche d'avancer, je ne veux pas que des inconnus me serrent dans leurs bras, mais où est maman, mon ton se fait suppliant. *Maman ? Maman ?* Je me réveille d'un bond. C'est le matin, un soleil vif et acide se déverse par la fenêtre et je suis réveillée, quelque part je ne sais où, quelque part où je n'ai pas envie d'être, réveillée tout en souhaitant pouvoir à nouveau sombrer dans un sommeil exquis, retourner sereinement *dans le bleu* – où je réalise, à présent, que maman est perdue. Mais mes yeux sont grands ouverts, maintenant que la codéine a cessé d'agir, me laissant éveillée, écœurée et nerveuse.

Et le plus honteux, dans tout ça, c'est que je n'ai jamais gagné de 800 mètres dans une compétition sportive. Et surtout pas au lycée de Tarrytown, où je venais à peine d'intégrer l'équipe de course. Maman m'a vu courir plusieurs fois, mais rien d'aussi spectaculaire que dans mon rêve. Elle était toujours fière de moi même si j'arrivais avant-dernière en traînant la patte. Il arrivait aussi que je ne l'avertisse pas qu'il y avait une course, et que je prétende avoir entraînement après les cours. Si j'aimais courir dans l'équipe de Tarrytown avec mes amies, je ne m'étais jamais assez investie pour travailler vraiment dur, comme les deux ou trois filles les plus rapides – celles-ci, plus âgées, étaient des espèces de fanatiques qui rivalisaient afin d'obtenir une bourse d'athlétisme leur permettant d'intégrer une prestigieuse université. Ce qui ne risquait pas d'arriver à Jenna Abbott.

Une fois levée, me dirigeant vers la salle de bains, je me sens un peu flageolante. J'ai mal au genou droit, à la tête... À croire que j'ai vraiment couru dans mon rêve, à croire que je me suis donnée à fond et qu'il va me falloir le payer à présent que je suis réveillée.

Dans la bouche, comme un goût amer : c'est demain la rentrée, au lycée de Yarrow.

Ce matin, tante Caroline m'emmène rencontrer le principal.

Je constate qu'il ne me reste plus que deux comprimés de codéine.

En cas de douleurs. Un comprimé au moment du coucher.

Au début de mon séjour en rééducation, je prenais quatre ou cinq comprimés par jour. Et je souffrais quand même beaucoup. Peu à peu, on a diminué les doses, cette plaquette est ma dernière, et je tente de résister à la panique que ça m'inspire.

D'après le médecin du centre de rééducation de Tarrytown, la codéine est une drogue puissante. Une fois mon ordonnance épuisée, plus rien. En cas de douleurs, il me restera l'aspirine. « Ça va être un peu dur au début, Jenna, mais tu t'y feras », elle m'a dit avec un sourire et alors je me suis mise à trembler, avec le pressentiment de ce qui m'attendait.

6

Le pressentiment de ce qui m'attend, je l'ai rien qu'en pénétrant dans le lycée et ce n'est même pas la rentrée, seulement mon rendez-vous avec le principal, et déjà je tressaille, j'ai les mains moites. Tante Caroline a glissé son bras sous le mien, comme si elle sentait mon envie de fuir...

– ... aurais dû prendre un petit déjeuner, Jenna. En tant que sportive, tu dois savoir que...

Nous sommes en avance pour notre rendez-vous de onze heures avec M. Goddard. Dans le hall, nous regardons les vitrines d'exposition : trophées et plaques en laiton. Photos d'équipes sportives. Bizarre, comme les gens sont heureux sur les photos, quasiment tout le temps.

À l'intérieur, le lycée de Yarrow est un bâtiment ordinaire. Rien de désuet ou de « Nouvelle-Angleterre » dans son aspect. Sur le sol, un dallage noir et usé, des murs d'un vert crasseux. Le plafond bas surprend un peu. La façon dont les casiers des vestiaires s'étendent presque à perte de vue me fait mal aux yeux.

Dans la salle d'attente de M. Goddard, tante Caroline me jette un coup d'œil, un sourire inquiet aux lèvres. J'ai été silencieuse toute la matinée. La veille, au dîner, je n'ai pas non plus été très causante. Non que je refuse de parler à tante Caroline – c'est juste que je ne trouve rien qui vaille la peine d'être dit. Je porte un treillis lavé et repassé, un long polo blanc à manches longues et ma casquette blanche enfoncée sur le crâne, la visière cachant en partie mes yeux.

– Jenna, tu devrais peut-être retirer ta casquette quand...

Je n'en fais rien. Je garde la casquette sur la tête. Maman avait exactement la même. Nous les avions achetées lors de nos vacances d'été, dans les Berkshires.

M. Goddard est un homme d'âge mûr, plutôt gras, à la voix chaleureuse de présentateur télé. Mais son regard est dur, et il me fixe comme si on l'avait prévenu : *C'est cette fille flippante, celle qui a tué sa mère.*

– Eh bien, Jennifer Abbott ! Bienvenue au...

Ma tante et M. Goddard sont quasiment les seuls à parler. La population de Yarrow Lake est réduite, ils ont bien sûr des amis communs. Ma tante a l'air d'apprécier M. Goddard, et vice versa : il enregistre que Dwight McCarty est architecte, et que Plymouth Street est une bonne adresse.

– ... le dossier m'a l'air en règle. Le lycée de Tarrytown est un excellent établissement. Et tes bulletins sont...

Tante Caroline demande s'ils font des préparations à l'entrée en fac, pour les élèves de très haut niveau.

M. Goddard lui répond qu'ils les ont supprimées, sauf pour les élèves de terminale, le lycée de Yarrow ayant dû faire des coupes dans son budget. Tante Caroline paraît un peu déçue, mais compréhensive.

– ... pas un gros lycée, moins de trois cent cinquante élèves, mais pleins d'enthousiasme et débordants de talent ! Avez-vous vu, par hasard, notre mise en scène de *Roméo et Juliette* l'an passé, madame McCarty ? Un chroniqueur du *Journal de Yarrow Lake* a jugé qu'« elle n'avait rien à envier à une production professionnelle »...

Tante Caroline n'a pas vu le spectacle, mais on lui en a dit « le plus grand bien ».

Les adultes me regardent. Sans doute m'a-t-on posé une question. J'ai les mains moites. Pendant un moment d'angoisse, je ne sais plus où je suis ni ce que j'y fais. Pourquoi tante Caroline m'a-t-elle amenée ici ? *Maman doit attendre dehors dans la voiture si tante Caroline est ici.*

Après ce soir – si j'arrive à tenir jusqu'à ce soir – il ne me restera plus qu'un comprimé de codéine.

– ... des questions, Jennifer ?

Des questions ! J'ai la tête qui bourdonne.

Quand vous portez une casquette blanche et crasseuse à la visière rabattue, ça vous épargne de voir un tas de choses.

– Merci, monsieur Goddard. Je ne crois pas.

Dieu sait comment je parviens à sortir ces mots ! Ma voix est rocailleuse, comme si elle n'avait pas servi depuis un bout de temps. Tante Caroline me jette un regard en biais, soulagée.

L'entretien est-il terminé ? Les adultes se serrent la main. Je suis déjà hors du bureau. Je ne réalise que maintenant que ma tante a évidemment discuté avec M. Goddard, avant cet entretien. Qu'elle lui a parlé de ma mère, de mon « traumatisme », de ma famille « déchirée ». Et lui a expliqué que je venais vivre à Yarrow Lake, n'ayant nulle part ailleurs où aller.

À l'extérieur, je suis trop agitée pour monter dans la voiture de tante Caroline. Une bribe de mon rêve de la nuit me revient à l'esprit, je me revois en train de courir, de courir comme autrefois... Un souvenir de bonheur.

Je veux qu'on me rende ces moments-là ! Je ne veux pas du temps présent !

Tante Caroline me rejoint à la voiture, avec un sourire joyeux. Quel homme sympathique, ce M. Goddard ! Quelle chance que le rectorat ait permis d'effectuer mon transfert aussi tardivement !

– Pourquoi ne pas fêter ça, Jenna ? Par une sortie prérentrée des classes ? J'ai des courses à faire en ville. Après, je peux aller chercher Becky et Mikey, et on pourra tous aller déjeuner à l'Auberge du Lac.

La voix de tante Caroline vacille un peu, maman adorait l'Auberge du Lac.

Je dis aussitôt à ma tante que j'ai besoin de marcher un peu.

Inutile qu'elle me ramène à la maison, j'ajoute. Je sens que j'ai besoin de marcher.

De m'éloigner de toi ! Faut que je respire !

Tante Caroline s'efforce de ne pas paraître blessée.

Suggère de se joindre à moi. Il y a une jolie piste en copeaux de bois qui longe la rivière, elle peut me montrer.

– Moi aussi, j'ai besoin de faire du sport. L'année dernière, j'allais régulièrement courir, mais cette année... Tu ne veux pas rentrer à la maison, Jenna, que je puisse me changer ? J'ai acheté de nouvelles tennis.

C'est pathétique ! Tante Caroline est quasiment en train de me supplier. Et je sais que si je dis « oui », Becky et Mikey vont finir par venir avec nous, qu'ils ne voudront pas rester avec la baby-sitter pendant que maman et Jenna vont courir dans le parc.

– Tante Caroline, j'aimerais rester seule un petit moment.

Je ne dis pas « je suis désolée ». Je ne dis pas « merci ».

La visière de ma casquette me cache les yeux. Je ne vois pas le visage de ma tante. Déjà, je m'éloigne, sans chercher à ménager mon genou droit.

Tante Caroline me suit des yeux, je le sens. J'espère qu'elle ne va pas me rappeler, et elle ne le fait pas.

7

– Ohé !

Levant les yeux, je vois le type.

Un type que je n'ai jamais vu, vêtu d'un jean et d'un tee-shirt noir. Il a des bras aux muscles noueux, les joues et le cou ombrés d'une barbe de trois jours, et il me fixe.

– Tu t'es fait mal ?

Je m'essuie les yeux. Je crains de prononcer un seul mot, je risque de fondre en larmes.

– ... besoin que je t'aide à te relever ? Ou bien...

Non ! Pas besoin qu'on m'aide à me relever ! Vraiment, je vais bien.

Je me suis plus ou moins tordu la cheville quand mon genou a flanché. Le type a dû me voir vaciller et tomber. Et voir que je suis seule sur la piste en copeaux de bois, que personne ne court dans mon sillage.

Cet endroit isolé ! Sauf que je distingue des voix, non loin de là... des rires, de la musique sortie d'une radiocassette.

Au début, ça allait à peu près, je courais au ralenti

comme ces femmes et ces hommes vieillissants qu'on voit parfois, à bout de souffle, balancer mollement leurs bras repliés au niveau des coudes, en faisant du un kilomètre-heure. C'est ainsi que je « courais » sur la piste en copeaux de bois longeant la rivière quand j'ai soudain eu l'impression que les os de mon genou droit se brisaient en morceaux. Mes genoux ont flanché, je suis tombée comme un sac de linge mouillé et me suis plus ou moins tordu la cheville droite, avant de heurter violemment le sol. Et maintenant, je suis étendue là, à haleter et me mordre la lèvre pour ne pas pleurer, et à écouter les battements rapides, affolés et furieux de mon cœur. Je sens qu'un truc dégoûtant me coule du nez, j'espère que ce n'est pas du sang.

– Merci, je vais bien.

Ma voix est étranglée, comme celle d'une poupée qui parle, et n'a presque plus de piles.

– Ouais ? Tu en es sûre ?

Il se moque de moi ou quoi, ce type surgi de nulle part ? Il doit avoir dans les dix-huit ans. Se tient à environ trois mètres de distance, les pouces calés dans sa ceinture en cuir élimée. Avec ses joues hérissées de poils, il est un peu flippant. Il y a quelques minutes de ça, dans le parc, je suis passée devant une bande de jeunes comprenant des filles. Les éclats de voix, les rires, comme s'ils buvaient de la bière à midi. Du *heavy metal* sortant d'une radiocassette. Des motos garées non loin de là. Le mec est avec eux ? C'est un *biker* ? Son tee-shirt noir est trop délavé pour qu'on puisse distinguer le nom du groupe (je suppose qu'il s'agit d'un groupe) sur le devant mais, sur l'un de ses avant-bras, je vois ce qui ressemble à un tatouage. Un type surgi de nulle part, ça me fait peur.

Je me suis en partie redressée et suis à présent à genoux. Je me déplace avec précaution, pour ne pas grimacer de douleur. Je me dis : on est *après l'accident*, c'est quoi, une cheville foulée, des élancements aux genoux ? J'ai survécu à des os brisés, à une commotion cérébrale... Je devrais être habituée à la douleur.

– Bon, et maintenant ?

Le gars mal rasé me regarde d'un œil sceptique. Comme s'il ignorait s'il devait me plaindre ou se moquer de moi.

– Comment ça... « et maintenant » ?

– Ben... tu vas faire quoi, maintenant ? Tu penses pouvoir marcher ?

Il dit le mot « marcher » comme si c'était la chute d'une histoire drôle.

Alors que je fais visiblement tout mon possible pour me remettre debout, avec prudence.

Rien ne m'oblige à répondre à la remarque de ce petit malin. Je parviens à marcher – lentement. En me retenant de boiter ou de gémir de douleur.

– Tu t'es foulé la cheville, à ce qu'on dirait. Tu as peut-être besoin qu'on te reconduise chez toi.

Non ! Je n'ai pas besoin qu'on me reconduise chez moi.

Je m'éloigne, en boitillant, de ce gars qui m'observe. De trop près. Mon cœur bat à tout rompre. Je ne sais pas si je suis gênée, excitée, furieuse ou effrayée. À Tarrytown, situé non loin de New York, si un gars surgit de nulle part sur une piste comme celle-ci et qu'une fille est seule, elle a de bonnes raisons d'avoir peur. L'année dernière encore, une joggeuse de dix-huit ans a été entraînée de force dans une zone boisée, violée, étranglée, et abandonnée agonisante à Morningside Heights. Et on n'a toujours pas trouvé celui qui a fait ça.

Environ six mètres derrière moi, le gars marche sur mes pas, en sifflotant. Dois-je en déduire qu'il se dirigeait déjà par ici ? Ou qu'il me suit par gentillesse, pour s'assurer que je vais bien ? Le visage me brûle, mes tempes battent comme dans le pire, le plus humiliant 800 mètres que j'aie jamais couru. (Au cours de mon premier semestre de troisième, j'étais arrivée sixième, c'est-à-dire dernière, devant une foule de parents en transe, parmi lesquels ma mère.) Pire encore, du liquide s'écoule de mon nez – mince, c'est du sang ! Je fouille les poches de mon treillis à la recherche d'un mouchoir. Pas question que ce gars me voie saigner du nez ! Pas question qu'il voie à quel point je suis moche et ridicule. Je sens mon polo mouillé de sueur, au niveau du dos et des dessous-de-bras. J'espère que je ne sens pas trop fort.

Il est presque une heure et demie. Il était onze heures et demie quand j'ai laissé tante Caroline au parking du lycée. Je suis épuisée et morte de faim. Quoi que j'aie voulu faire pour prouver mon indépendance, ça m'est passé à présent. Tout ce que je veux, c'est rentrer à la maison et me plonger dans un bain chaud.

Ma tante aurait mieux fait de ne pas me montrer la

piste en copeaux de bois qui longe la rivière Sable – ce cours d'eau profond et saumâtre qui traverse la ville de Yarrow Lake, parcourt un parc forestier et se déverse dans le lac, à près de cinq kilomètres de la ville. Si j'étais dans une forme physique correcte, courir six kilomètres jusqu'au lac, puis six kilomètres jusque chez ma tante, ce ne serait pas sorcier. Mais je crois que je ne suis pas en état. C'est typique des coureurs, d'ignorer leurs limites, de s'autoconvaincre que s'ils s'obstinent, la douleur finira par disparaître.

Pas d'entraînement excessif, Jenna ! Vas-y mollo, à chaque jour suffit sa peine !

La voix de Devon, me mettant en garde. À l'époque, je levais les yeux au ciel.

– Oh.

Une sorte de couinement m'échappe. La douleur est aiguë, à la fois au genou et à la cheville. Il faut que je m'arrête, je sue à grosses gouttes.

Bien sûr, le gars qui me suit entend ça. Tel un chasseur, il a l'ouïe et la vue fines. Il me dépasse d'un pas vif, marquant un grand détour pour que je ne panique pas, comme on ferait avec un chat nerveux. Puis il s'arrête et me fixe, l'air préoccupé.

Il a des yeux de biche. De beaux yeux sombres et brillants, aux cils aussi longs que ceux d'une fille.

Il a un peu un visage d'aigle, effilé et anguleux. Ses sourcils sont si fournis qu'ils se rejoignent presque sur l'arête du nez. Et son nez est long et étroit, avec des narines bien dessinées. Quelque chose brille à son cou :

une chaîne en or. Ses cheveux épais, noir corbeau, rasés sur les côtés et sur la nuque, se dressent en touffes plus longues sur le haut du crâne. Je me sens si faible, c'est sa façon de me regarder... Comme je suis seule dans la vie !

À croire qu'il lit dans mes pensées, il me lance :

– Essayer de courir avec une cheville blessée, c'est mal barré, pas vrai ?

Je serre les dents. Il se moque toujours de moi ? Je rabats la visière de ma casquette pour ne pas avoir à regarder le visage de l'inconnu.

– Tu ne veux pas que je te conduise quelque part ? Tu es sûre ?

Non ! Enfin, oui, je suis sûre.

– Il y a des gens avec toi, dans le parc ? Tu veux que je les cherche, qu'ils puissent venir t'aider ?

Pourquoi ne s'en va-t-il pas, ne me laisse-t-il pas tranquille ? Je suis tellement mal à l'aise.

Je fais reposer presque tout mon poids sur ma jambe gauche. J'ai des élancements à la cheville et au genou droits. Le profond mal de tête que j'avais souvent à l'hôpital commence à poindre, telle une lueur hésitante.

Si seulement je n'étais jamais venue ici ! Si seulement j'étais partie avec ma tante, comme elle le désirait ! Pourquoi est-ce que je n'arrive pas à être gentille avec elle ou avec mon oncle ? Voilà ma punition. Je n'ai que ce que je mérite.

Si l'inconnu a un téléphone portable, je pourrais lui demander de me le prêter, et appeler ma tante pour lui dire ce qui est arrivé – elle viendrait me chercher en voiture. En même temps, je me dis : *Non ! Je ne peux pas lui faire confiance !* Il comprendrait que je suis seule dans ce lieu isolé.

Ce qu'il dit aussitôt après me fait frissonner :

– J'ai un portable, là-bas, dans ma sacoche. Tu veux appeler avec ?

Soudain j'ai froid, bien que je sois en sueur. Sans doute mon visage est-il barbouillé de sang et de terre. Toujours essoufflée, je retiens mes larmes.

Il répète ce qu'il vient de dire au sujet du portable. Ma confusion est telle que je ne sais que répondre. J'ai un léger bourdonnement dans les oreilles, comme un bruit de cascade. Je songe à la façon dont, la veille au soir, tout en montant sur mon lit à baldaquin – dans cette chambre digne d'un magazine de déco, où je ne me sentirai jamais chez moi – je me lamentais sur mon sort et détestais être là où j'étais. À présent, dans cet endroit désert, malade de peur, en proie à la douleur et à l'épuisement, je serais tellement reconnaissante de pouvoir revoir cette chambre.

– Tu sais à quoi tu ressembles ? À quelqu'un qui a eu un accident de voiture.

J'écarquille les yeux, estomaquée.

Il rit et passe la main dans ses cheveux hérissés.

– Comment j'ai deviné ? Parce que moi-même j'en ai eu, des accidents. C'est presque ma spécialité, on pourrait dire. Sauf que le pire de tous a eu lieu l'année dernière, alors que je forçais même pas sur la vitesse. La roue avant a roulé sur du gravier, ça a été le dérapage, et je me suis retrouvé projeté au sol. Heureusement que je portais mon casque, ce qui n'est pas toujours le cas. Ma cervelle aurait giclé partout sur la chaussée...

Ce ton sur lequel il me parle, comme s'il se confiait à moi, m'invite à rire avec lui, à lui faire confiance. Mais c'est peut-être une ruse. J'esquisse un sourire, à peine visible. Un sourire de fille-qui-a-peur, censé susciter la compassion.

– C'est ta manière de marcher. Je t'observais. Enfin, je ne t'observais pas vraiment, tu as juste attiré mon attention quand tu es tombée. Tu vois, tu marches comme moi, comme si tu avançais sur une fine couche de glace. Après un grave accident, on est raide et tendu, comme si on avait une peur terrible de passer à travers la glace, de ressentir de la douleur.

Il joint l'exemple à la parole, en rentrant les épaules tel un vieillard et en marchant d'un pas exagérément raide. Ça me fait rire, alors que ce n'est sans doute pas si drôle...

– OK. J'ai trouvé la solution.

D'une seconde à l'autre, le type semble s'être désintéressé de moi. Il regarde venir un véhicule, non loin de nous – là où doit se trouver un parking, bien que celui-ci ne soit pas visible depuis l'endroit où nous sommes. Il s'éloigne en courant, sans se retourner. Je reste plantée là, à le suivre des yeux. Et à penser que je serai drôlement avancée s'il m'abandonne ici.

Mais ce qu'il fait, c'est héler la voiture pour qu'elle s'arrête, parler avec la personne au volant, expliquer ma situation, lui demander si elle a un portable. Il s'avère que la conductrice est une femme à l'allure sportive, accompagnée de ses deux jeunes enfants. C'est volontiers qu'elle s'avance vers l'endroit où je me tiens – sur la berge de la rivière – tremblante et désespérée, tamponnant mon nez avec un mouchoir taché de sang.

– Le jeune homme a dit que tu avais besoin d'appeler chez toi ? Voilà comment marche mon portable...

Par chance, j'ai mémorisé le numéro de tante Caroline. Et celle-ci est rentrée, ses courses finies. Elle décroche aussitôt et, d'une voix pleine d'espoir :

– Oui ? Allô ?

À croire qu'elle attendait ce coup de fil, et qu'elle m'attendait, moi.

Si reconnaissante que j'en pleurerais.

8

Tu vois, tu marches comme moi, comme si tu avançais sur une fine couche de glace.

Je regrette de ne pas avoir été plus gentille avec lui. De ne pas lui avoir demandé comment il s'appelait. De ne pas l'avoir remercié de sa gentillesse. Je regrette...

9

– Jennifer... C'est un joli nom. Les gens t'appellent comment... Jen ? Jenny ?

– ... Mme McCarty est une très bonne amie de ma mère. C'est ta tante, c'est ça ? D'après maman...

– ... Tarrytown, tu as dit ? C'est quoi, c'est dans la banlieue de...

– ... allais beaucoup à Manhattan ? C'est ce que font les gens là-bas ? Il leur suffit de prendre un bus, ou bien...

– ... t'installes ici pour de bon, ou...

– ... sympathique, tu verras. Les autres lycéens sont vraiment sympa, pour la plupart. Les profs sont super aussi...

– Sauf...

– ... il y a des gens...

– ... des *bikers*, des camés, mais...

– ... mon père connaît bien M. McCarty. Ils étaient dans la même classe ici.

– ... quelqu'un a dit piste de course ? On pourrait utiliser...

– … très bon enseignement sportif ici. En général.

– … M. Farrell, il paraît bizarre au début. Ne te laisse pas impressionner.

– … Mme Terricotte. Elle est chouette. Mais…

– … alors comme ça, tu t'installes ici… définitivement ?

– … Mme Bowen, c'est notre prof d'athlétisme, elle est archicool.

– … l'algèbre, ça peut être marrant, enfin si on veut…

– … vis chez ta tante. Alors M. McCarty est ton…

Elles se prénomment Christa. Mélanie. Brooke. Rosalyn. Susan (ou Suzanne). Leurs noms de famille m'échappent. Pourquoi sont-elles si gentilles avec moi et font-elles de toute évidence des efforts – à croire que tout le monde connaît mon histoire à Yarrow Lake – comme quand on s'efforce d'être sympa avec un gamin handicapé ou atteint de leucémie ? Ma tante a parlé à ses amies (évidemment, c'est ce que font les femmes) et leur a demandé de demander à leurs filles d'être « gentilles » avec la nouvelle : *Vous comprenez, elle est quasiment orpheline, sa mère a été tuée dans un terrible accident, c'est passé à la télé et dans les journaux, elle a failli être tuée elle aussi.*

– Je suis désolée. Je n'aime pas parler de ma famille. Je n'aime pas les questions personnelles. Excusez-moi…

L'expression sur leurs visages, comme je repousse ma chaise contre la table, saisis mon sac à dos, abandonne plateau et nourriture et quitte la cafétéria, le dos raide, le cœur battant à tout rompre – décidée à ne pas boiter.

L'effet de la codéine s'est dissipé. Je suis nerveuse et tremblante.

Cachée dans les vestiaires. Nulle part où aller. C'est quoi, mon prochain cours ?

Ces filles : Christa, Mélanie, Brooke... L'expression de leurs visages, comme si l'orpheline handicapée leur avait soudain hurlé à la figure.

Pourquoi Christa s'était-elle précipitée à ma rencontre, me souriant et m'invitant à m'asseoir avec elle et ses amies ? Christa a une allure de déléguée de classe, et ses copines sont visiblement populaires. Stars du lycée, elles ont le pouvoir de sacrer n'importe quelle fille si elles ont décidé que celle-ci le méritait. *Tellement mal élevée ! Comme si on fouinait dans sa vie privée alors qu'on voulait juste être gentilles avec elle.*

J'espère que ma tante ne l'apprendra pas. Dans une ville aussi petite que Yarrow Lake, c'est peu probable.

– Ab-bott, Jen-nifer.

Le très poseur M. Farrell lit mon nom dans la liste d'appel en imitant une voix numérique. Il prononce ainsi les noms en forçant sur l'accent comme si quelqu'un lui avait dit, un jour, qu'il était drôle – ce qu'il doit croire, depuis, vu que toute la classe rit avec lui (sauf moi). Je réponds « présente », si bas qu'il ne m'entend pas, ou prétend ne pas m'entendre. Il répète donc « Ab-bott, Jennifer » du même ton neutre mais plus fort, cherchant du regard la Ab-bott en question, comme s'il cherchait du regard une sourde ou une attardée mentale – ce qui, évidemment, déclenche les rires. Je suis rouge d'exaspération. Je voudrais lui dire qu'il devrait passer une audition pour la chaîne Comédie. Un violent sentiment s'empare de moi :

J'ai pas à répondre à ce nom-là
J'ai pas à jouer à ce jeu-là

Je ne réponds donc pas. Ne joue pas à ce jeu-là. Assise à mon pupitre, j'ai les épaules voûtées, la visière de ma casquette sur les yeux. Tout ce que M. Farrell peut voir de moi, c'est (peut-être) un visage de fille fermé comme un poing.

Au bout d'une ou deux minutes de gêne, Farrell finit par saisir que cette « Ab-bott Jen-nifer » n'est autre que « la nouvelle ». Ce que le reste de la classe comprend également.

À présent, c'est comme si j'étais attardée, ou « cinglée ». Comme s'il y avait chez moi un truc particulier et flippant. Pendant le reste du cours, M. Farrell évite de me regarder.

Je me demande ce qu'il a inscrit sur le registre d'appel, à côté de mon nom.

– Jenna. Comment s'est...

Tante Caroline a hâte d'entendre comment s'est passée ma rentrée. Espère que je vais me confier à elle. S'attend à ce que je lui dise à quel point les gens ont été « gentils » avec moi. Que j'ai déjà commencé « à me faire des amis ». Que mes profs sont « terribles ». Quels activités, clubs et disciplines sportives j'ai choisis. Mon oncle voudra savoir, lui aussi. Mes petits cousins Becky et Mikey sont tout excités par leurs aventures de premier jour de classe.

Je réponds poliment que ça s'est « bien » passé.

Les cours étaient « bien », les gens étaient « gentils ».

– ... vraiment pas faim ce soir, tante Caroline. J'ai des tas de devoirs. Surtout des maths. Je déteste les maths. Je pourrais peut-être monter des fruits et des yaourts dans ma chambre, OK ? Merci.

Je m'efforce de ne pas voir l'expression blessée de ma tante. Je monte et referme discrètement la porte de ma chambre. Et quand, plus tard, tante Caroline viendra frapper d'une main hésitante, je ferai semblant de dormir.

... raide et tendu, comme si on avait une peur terrible de passer à travers la glace, de ressentir de la douleur. Comme moi.

10

– Ohé !

Je lève les yeux, surprise, et je le vois.

Il sourit cette fois-ci, comme s'il me connaissait. Comme s'il y avait quelque chose entre nous. L'espace d'un instant, la panique me coupe le souffle, les battements de mon cœur s'accélèrent.

– Tu es bien rentrée l'autre jour ?

Oui. Merci.

– Ta cheville va mieux ?

Je rougis, oui. Qu'un inconnu puisse se soucier le moins du monde de ma cheville me met mal à l'aise.

– J'ai eu l'impression que tu n'étais pas du coin. Tu vas au lycée ici ?

Je lui dis que oui, que je commence à peine les cours.

– Tu viens de t'installer ?

– Je... j'imagine.

Ma voix est faible et enrouée, et je suis consciente de la bizarrerie de ma réponse. Il me regarde de haut en bas. Je suis assise seule, sur un muret en béton effondré, au bout du parking situé derrière le lycée. C'est le deuxième jour de classe, la pause-déjeuner. J'évite totalement la cafétéria. Revoir mes leçons de maths, c'est comme passer un peigne dans une chevelure emmêlée. Les équations dansent devant mes yeux tels de frénétiques rayons de soleil. Ce matin, j'ai bien vu que tous m'observaient en douce. À part quelques mecs, qui me fixaient franchement. Ici, je porte ma casquette blanche et crasseuse bien enfoncée, pour abriter mon regard.

Alors que je ne m'attendais plus à le voir, le voilà qui arrive. Peut-être l'avais-je oublié. Car je n'espère plus grand-chose du lycée de Yarrow, après mon désespérant premier jour.

Il vient, je suppose, de ce groupe de jeunes gens plus âgés qui rient bruyamment et traînent à l'autre bout du parking, là où sont garées une camionnette et quelques motos. Ils ont vaguement l'air d'étudiants. N'appartiennent certainement pas au groupe dit des « sportifs » ou des « BCBG ». Dans le lycée d'une grande ville, on les appellerait « la bande des camés », mais j'ignore comment on les voit, ici, à Yarrow Lake, eux qui fument clope sur clope et boivent à même la canette (de la bière... osent-ils boire librement de la bière aux abords du lycée, en plein jour ?). Aujourd'hui, dans ce cadre rassurant, rasé de frais, le mec ne me paraît plus aussi menaçant. Sauf qu'il me fait quand même peur, avec son visage anguleux, ses cheveux fous, noirs et hérissés, le tatouage évoquant un serpent lové sur lui-même (!) sur son avant-bras gauche. Quelque chose de doré brille à son oreille, un genre de clou. Il porte un pantalon de travail fait d'un tissu épais comme de la toile à voile et un tee-shirt à manches longues aux poignets élimés. J'ai du mal à regarder son visage, ses beaux yeux ornés de longs cils.

Il dit, d'une voix un peu taquine :

– Ce serait malpoli de te demander ton nom ?

D'une voix que je voudrais décontractée, et qui sonne comme du papier de verre frotté sur du papier de verre, je réponds :

– Ce ne serait pas malpoli.

Alors, il réplique :

– Eh bien, je te le demande.

Alors j'avale ma salive et, comme si c'étaient les paroles les plus cruciales que je prononçais depuis mon arrivée à Yarrow Lake, New Hampshire, je le lui dis :

– Jenna.

– Jen-na. (Il articule, à croire que c'est un son jusque-là inconnu.) Jenna-sans-nom-de-famille ?

– Tu ne m'as pas dit comment tu t'appelles.

– Comment je m'appelle, ou comment on m'appelle ?

– N'importe, je dis, ne sachant que répondre à ça.

– Mon nom, c'est Saint-Croix, mais on m'appelle Crow.

Il prononce Saint-Croix à la française.

– Crow[1] ? C'est un gros oiseau moche !

– Aux yeux des autres corbeaux, il n'est ni moche ni spécialement gros.

1. *Crow* signifie « corbeau » (N. D. T.).

– C'est un prédateur, non ?

– Ah oui ?

Je n'en suis pas sûre. À vrai dire, je ne sais rien des corbeaux, si ce n'est qu'ils sont grands, maladroits, bruyants et – à ce qu'on raconte – très intelligents. Peut-être les corbeaux ne sont-ils pas des prédateurs comme les faucons ou les aigles. Ce qui est certain, c'est que leurs plumes sont d'un noir luisant, comme les cheveux hérissés de ce mec.

– Crow ? Les gens t'appellent comme ça ?

– Certains. D'autres, ma famille par exemple, m'appellent Gabe – pour Gabriel.

Il plisse le nez, comme si ce nom était bien trop joli pour lui.

– Ici, au lycée, même les profs m'appellent Crow, vu qu'aucun n'arrive à prononcer « Saint-Croix ». Quasiment personne n'y arrive, à Yarrow Lake.

– Tu es français ?

– Moi ? Mince alors ! Non ! J'ai l'air français ?

Crow a une drôle de façon de parler, mi-railleuse, mi-sincère. Il a la voix basse et rauque, pas une voix typique de lycéen. Il a l'air français – enfin, un peu. Il y a de ça des années, avant que mon père ne nous quitte, on était tous allés à Paris. Là, on avait loué une voiture et roulé jusqu'à Nice. Crow me rappelle les gens de là-bas.

– J'ai de la famille au Québec, dit-il, mais mon père a passé la frontière américano-canadienne pour venir dans le Maine, et est devenu citoyen américain juste à temps pour qu'on l'envoie se battre au Vietnam. Ma mère, elle, est née ici, et moi aussi.

Quand Crow dit « Québec », il insiste sur la première syllabe, qu'il prononce comme le prénom « Kay ». Il se passe dans les cheveux une main aux articulations noueuses, tout en me regardant pensivement. Ses yeux sont de la mélasse chaude où brille une pointe d'amusement – comme s'il y avait quelque chose de comique dans la façon que j'ai d'être assise là, toute seule, mon livre de maths sur les genoux, mes feuilles de cours agitées par le vent.

La nouvelle, seule. Espérant se faire remarquer.

– C'est quoi, c'est de l'algèbre ? Le cours de Feldman ?

– Oui. Je déteste ça.

– Tu es en seconde ?

Pas moyen d'y couper... Je réponds oui. Lui demande s'il est...

– Je suis en terminale. J'aurais dû avoir mon bac l'année dernière, mais j'ai perdu une année. Comme je te l'ai déjà dit, Jenna, les accidents, c'est ma spécialité.

Jenna ! Entendre mon nom dans la bouche de Crow – avec les inflexions quasi musicales qu'il lui donne – m'ôte tous mes moyens.

– Tu as dit que tu venais d'où, Jenna ?

– Je... je n'ai rien dit.

– Alors... d'où ?

– Je...

J'ai la gorge nouée. Impossible de parler. Je suis prise de panique à l'idée que je pourrais, d'une seconde à l'autre, raconter à ce type que je ne connais même pas ce qui s'est passé sur le pont. L'accident. Et *l'après accident*.

– Va-t'en ! Laisse-moi tranquille !

Il s'est moqué de moi, je m'en rends compte à présent. Les amis de Crow nous observent. Le mec sexy de terminale faisant mine de s'intéresser à la petite nouvelle marginale... À mourir de rire !

Je saisis maladroitement mon sac à dos, j'y fourre mon cahier de maths et bredouille que je dois partir. Quelque chose m'échappe des mains, que je n'ai pas le temps de ramasser. Crow a l'air surpris. Il dit des mots que je n'entends pas, à cause du battement de tambour dans mes oreilles.

Je te déteste ! Je vous déteste tous ! Je déteste cet endroit dans lequel je suis coincée !

Cette abrutie de sonnerie annonce la reprise des cours. Je suis si embarrassée, si furieuse. Je songe à sortir du lycée et à ne jamais y revenir. Nul ne peut m'obliger à étudier ici – dans cet endroit où je ne suis pas à ma place – tout comme nul ne peut m'obliger à monter dans un avion avec mon père et à aller vivre avec lui et sa « nouvelle famille » à La Jolla, Californie.

Je ne peux pas affronter mes cours. Mes profs. Tous sauront. Tous se moqueront de moi.

Je suis devant mon casier de vestiaire, à essayer de l'ouvrir. Si contrariée que j'ai oublié la combinaison.

Une chose que j'ai apprise depuis l'accident : personne ne peut vous contraindre à faire ce que vous ne voulez pas faire. Même pour votre propre bien.

Sauf que si je quitte le lycée, ma tante et mon oncle auront de la peine. Ne comprendront pas. Tenteront de me raisonner. Et maman, si elle voyait ça. J'ai horreur de ça : si quelqu'un m'aime, je n'ai pas le droit de le décevoir.

Je ne pars donc pas du lycée. Je ne vais même pas me cacher dans les vestiaires des filles. Au lieu de ça, je monte l'escalier en traînant les pieds pour me rendre au cours de maths de M. Feldman – que je déteste. (Les gens me regardent-ils ? Se moquent-ils de moi ? À quelle vitesse se répandra-t-elle, la nouvelle que Crow m'a ridiculisée au parking ?) Je suis sur le point d'entrer dans la classe de M. Feldman quand je sens un petit coup sur mon épaule. C'est un mec aux cheveux roux et au sourire suffisant, avec un piercing en argent qui brille à son sourcil. Il me tend deux pages froissées :

– Crow dit que tu as oublié ça sur le parking.

Mon devoir d'algèbre.

11

Oh oh oh, pitié...

Plus de codéine à présent, mais on m'a conseillé de prendre du Tylenol pour soulager la douleur, sauf que je n'ose pas en prendre autant qu'il en faudrait pour me soulager, et que je viens de me réveiller en nage, à l'aube. Le cadran du réveil indique quatre heures vingt-huit quand le rêve, tel un coup de pied dans le ventre, m'arrache au sommeil. Je suis entortillée dans mes draps, mon cœur bat encore plus fort que quand Crow s'est moqué de moi. Ça se passe deux nuits plus tard, peut-être trois. Ce rêve, c'est comme si un faucon avait enfoncé ses serres en moi. Mes doigts à vif crispés sur un garde-fou, le garde-fou cassé et tordu d'un pont. Je cherche désespérément à ne pas être aspirée par la brèche et par le vide. *Oh oh pitié*, je sanglote, je suis une petite fille qui sanglote, au-dessous de nous le fleuve déferle, noir et répugnant. Il a aspiré la personne avec qui j'étais, la personne qui était au volant, la personne que j'ai essayé de sauver et dont je ne pouvais pas voir le visage, je hurle à en avoir mal à la gorge : *Maman ! Maman !*

Presque aussitôt, on frappe à la porte de ma chambre. Ma tante qui demande si je l'ai appelée. Je réponds que non.

12

À Yarrow Lake, je mène une vie en grande partie secrète.

Comme un iceberg, dont on dit que les neuf dixièmes sont immergés. Et que ce qu'on en voit ne permet pas de deviner ce qu'il en est réellement.

« Ça s'est passé comment aujourd'hui au lycée, Jenna ? » est une formule codée qui signifie « Tu t'adaptes ? Tu vas finir par être "normale" ? » et ça me gave d'entendre mon oncle et ma tante me poser sans cesse la question. Pareil pour mes petits cousins Becky et Mikey. Leurs parents les ont prévenus : « Soyez gentils avec Jenna ! » Alors ils font ce qu'ils peuvent et je les aime de si mal cacher leur jeu – sauf que je ne suis pas d'humeur à jouer les grandes sœurs. Désolée.

Une vie secrète, il n'y a rien de meilleur. Rien de plus sûr.

Les week-ends sont consacrés à la famille. (Même s'il arrive parfois, quand il pleut le dimanche après-midi, que l'oncle Dwight – qui est accro au boulot – fasse un saut à son bureau chez McCarty, Weissman & associés pour y travailler quelques heures avant le dîner.) Les McCarty sont très tournés vers les enfants, comme presque tous les habitants de Yarrow Lake – c'était aussi le cas à Tarrytown. Autrement dit, les week-ends on les passe ensemble, à naviguer sur le lac Yarrow, où des amis à eux ont un bateau, lorsqu'il fait beau. Ou à faire du vélo sur la piste qui longe la rivière Sable. Ou à aller voir Becky jouer dans l'équipe de foot de son école. Ou à aller voir *Shrek 2* au centre commercial de Lakeland et déjeuner à la Tour de Pizza. Les moments en famille sont des moments sacrés. C'est pourquoi les McCarty sont blessés et déconcertés quand Jenna leur explique poliment qu'elle aimerait mieux rester à la maison, qu'elle a des devoirs, ou qu'elle souhaite marcher ou se promener ou aller courir toute seule ou... Dieu sait quoi d'autre qu'elle fait dans sa chambre quand la porte en reste fermée pendant des heures.

Jenna ne nous aime pas, dis, maman ?

Quelle idée ! Bien sûr que si, elle nous aime !

Si elle nous aimait, elle serait heureuse, non ? Elle a toujours l'air triste.

Mais ça ne veut pas dire que Jenna ne nous aime pas, Becky. Ça veut juste dire que Jenna est triste.

En voici un, de secret.

Quand les McCarty partent faire du bateau au lac Yarrow, je me précipite aussitôt dans la salle de bains de mes oncle et tante pour voir quels médicaments ils ont dans leur armoire à pharmacie. Quelle déception ! Presque uniquement des médocs achetés sans ordonnance comme Bufferin, Advil, Tylenol (le dosage qui est en vente libre), plus des cachets pour l'« hypertension » (d'oncle Dwight) et les « digestions difficiles » (de tante Caroline). J'espérais, ma tante étant parfois sur les nerfs, qu'elle carburait aux tranquillisants du type Valium – maman en a pris pendant un temps, après le départ de papa. Mais ce n'était visiblement pas le cas.

Sauf que je ne m'en suis pas tenue là, côté fouilles. La salle de bains était du genre démodé, avec un long meuble de rangement et des tiroirs pleins de bric-à-brac, de flacons qui ne contiennent plus que quelques pilules. De l'OxyContin, entre autres, prescrit à Dwight McCarty, *un comprimé toutes les trois heures en cas de douleurs*, et il reste trois gros cachets ! Je suis tellement excitée que je manque de les renverser.

J'imagine que mon oncle ne le remarquera pas. L'ordonnance date de 1999 et n'était pas à renouveler.

13

– Ohé, chérie, t'es chauve ou quoi ?

Alors que je monte les escaliers pour me rendre à mon cours de maths – le pire cours de la journée –, je suis bousculée par des types odieux qui m'arrachent ma casquette crasseuse et, avec un rire d'hyènes, la jettent en l'air. Rouge de colère et de honte, je tente maladroitement de la rattraper, mais elle est tombée dans les escaliers, où des élèves y donnent des coups de pied et la piétinent. Désespérée, je supplie :

– Rendez-la-moi, rendez-la-moi, je vous en prie.

Et pour finir, on me rend ma casquette. Une fille l'a ramassée, qui l'époussette et me la tend avec un petit sourire navré :

– Tiens, Jennifer.

Je constate, gênée, qu'il s'agit de Christa Shaw. Qui semble être désolée pour moi, pas me détester.

Je ne peux que murmurer « merci », renfoncer la casquette sur la tête et m'enfuir aussitôt.

Emballés dans une boulette de papier alu, cachés dans

une poche intérieure de mon sac à dos, les trois derniers comprimés d'OxyContin conservés en cas de nécessité. Risquant d'être vue par M. Feldman, je prends l'un des comprimés, et l'avale à sec – en me cachant tant bien que mal la bouche d'une main, et en priant pour ne pas m'étouffer ou tousser et attirer l'attention sur moi.

14

Jamais ! Ne jamais révéler mes secrets.

Ne jamais dire à ma tante à quel point je suis malheureuse au lycée. Que mon visage est fermé comme un poing même quand j'éprouve ne serait-ce qu'une toute petite envie de me faire des amis. Qu'il est tellement plus facile de regarder droit devant soi que de croiser le regard des autres dans les couloirs, devant les casiers et dans les salles de classe. Que je redoute de voir Crow, ou ses amis qui se sont moqués de moi. Que je suis terrorisée à l'idée de m'entendre appeler par M. Feldman ou M. Farrell (qui me détestent parce que je suis silencieuse, renfrognée, et ne lève pas la tête de tout le cours). Que j'ai de plus en plus de peine à me concentrer sur mes leçons, même dans les matières que j'aimais autrefois – telles l'histoire, l'anglais, les sciences. Que je n'essaie pas de faire comme les autres filles en gym, par peur de me faire mal.

Et de toute façon, tout est si dérisoire. Et de toute façon, je sais que je vais échouer, alors à quoi bon essayer ? Je suis devenue accro au port de ma casquette même à l'intérieur, quitte à enfreindre le « code vestimentaire ». Redoutant, si je ne porte rien sur la tête, que les gens voient sur mon crâne les affreuses cicatrices qui me sont restées de l'accident. Mes cheveux ne sont pas assez épais pour les dissimuler, ces cheveux fins comme ceux d'un bébé, ces cheveux que je déteste et que j'aurais honte de montrer aux autres. Et ces minuscules entailles sur ma peau, au niveau du front et des joues, où je ne peux m'empêcher de passer et repasser les doigts. Et la difficulté de marcher sans grimacer de douleur quand ma cheville ou mon genou me font mal... *Tu sais à quoi tu ressembles ? À quelqu'un qui a eu un accident de voiture.*

Ma prof principale, Mme Terricotte, me fait sortir dans le couloir pour me questionner au sujet de ma casquette.

– Jennifer, pourquoi ? Tu as une raison de toujours porter ce chapeau ?

Dans les yeux gris ardoise de Mme Terricotte brille une lueur de méfiance. Quelque chose dans mon visage, dans mes mâchoires crispées... N'a-t-elle pas été prévenue par M. Goddard ou par mes autres professeurs ? La voilà qui m'explique le pourquoi du code vestimentaire du lycée : comme la plupart des garçons porteraient volontiers leurs casquettes de base-ball le devant derrière, il a fallu interdire tous les types de casquettes, chapeaux, bandeaux... Interdiction imposée par le rectorat il y a des années de cela...

Je porte ma casquette crasseuse. Je continuerai à la porter. J'explique à Mme Terricotte que j'y suis obligée, ma tête ayant été rasée quelques mois plus tôt, quand on m'a ouvert le crâne pour réduire la pression liée à l'hémorragie cérébrale, et mon cuir chevelu étant par conséquent recouvert d'affreuses cicatrices en dents de scie que mes cheveux ne sont pas assez épais pour dissimuler – je dis tout ça rapidement, et si bas que Mme Terricotte a du mal à distinguer mes paroles et doit se pencher pour y parvenir. C'est un moment gênant, elle a pitié de moi, sans doute lui a-t-on parlé de mon cas, et expliqué pourquoi je suis venue vivre chez mon oncle et ma tante. Et que j'ai été transférée d'une école privée de Tarrytown au lycée public de Yarrow Lake. Et combien je me sentais seule et malheureuse. Mme Terricotte finit par céder :

– Je suis désolée, Jennifer. Tu peux bien sûr porter ta casquette, si ça t'aide à te sentir plus à l'aise.

Elle me touche le bras pour me réconforter. D'une main prudente.

15

Un autre secret, que nul ne connaîtra jamais. Dans l'annuaire local, je découvre deux adresses :

Saint-Croix, Roland
655 Deer Isle Road, Yarrow Lake

Saint-Croix, Roland
Ébéniste spécialiste du meuble de rangement
39 S Main, Yarrow Lake

Sur une carte de Yarrow Lake et de ses environs, je localise Deer Isle Road, au nord de la ville. C'est un quartier que je ne connais pas. Je n'ai pas l'impression que mon oncle et ma tante y aient des amis. Un samedi après-midi, au début du mois d'octobre, je fais environ deux kilomètres à vélo puis, une fois parvenue à Deer Isle Road, encore un kilomètre avant de repérer la maison de Crow. Je suis étonnée. Elle se trouve dans une zone en grande partie rurale, tout en cabanes, maisonnettes à charpente de bois, mobile-homes installés sur des dalles de béton, vieilles fermes délabrées comme celle de Crow. En retrait de la route, située sur une longue allée défoncée, elle est en partie cachée par une rangée de pins rabougris. À cette période de l'automne, dans le New Hampshire, le sumac flamboie et la verge d'or remplit les champs de son éclat doré. Un décor éblouissant quand il fait beau. Mais aujourd'hui, le temps – qui passe constamment du soleil aux nuages, des nuages au soleil – est venteux et imprévisible. Devant la demeure de Crow, un pré où broute une unique jument grise tachetée et ensellée avec, pour seule compagnie, un bouc noir à la barbiche effilée. Sur mon vélo, au bout de l'allée défoncée, je constate que la jument et le bouc me fixent avec intérêt. Pourvu que Crow ne déboule pas soudain sur le chemin ou derrière moi, sur la Deer Isle Road.

Alors comme ça, c'est là que tu vis, Crow.

Deer Isle – l'île du Cerf. Un nom bien romantique pour cette route de campagne criblée de nids-de-poule conduisant hors de la ville, loin des quartiers cossus qui entourent Yarrow Lake. Crow habite ce qu'on appelle les contreforts des montagnes Blanches. Une expression me revient à l'esprit, souvent entendue depuis mon arrivée dans le New Hampshire : la « vermine blanche ». Pire encore : la « racaille des mobile-homes ».

Au lycée de Tarrytown, nous étions presque toutes issues du même milieu, bien qu'il y eût parmi nous quelques filles riches – voire très riches. Au lycée de

Yarrow, le mélange des genres est étonnant : sportifs, BCBG, *geeks* à moitié autistes, racaille blanche...

La famille de Crow ne vit pas dans un mobile-home, mais Deer Isle Road est une zone à mobile-homes. Je songe : *Tu es pauvre ! Tu ne comptes pas.*

J'ai honte de penser comme ça. Ça ne colle pas avec la façon dont ma mère m'a élevée. Mais Crow m'a blessée et j'ai besoin de me venger. C'est une vengeance grossière mais, à part ça, je n'ai rien en réserve.

Entre-temps, le bouc noir a trotté jusqu'à la clôture pour me regarder de plus près. Ses yeux sont d'un gris lumineux, l'iris semblable à une fine barre noire. Que c'est étrange ! Soudain, il ouvre la gueule et émet un « bêêêê » sonore et autoritaire, avançant le museau vers moi au travers de la clôture. Comme pour dire : « Ohé, j'ai faim, donne-moi à manger ! » Je constate, paniquée, que la jument se dirige elle aussi vers la clôture. Et si quelqu'un nous observait depuis la ferme ?

– Oh, je n'ai rien à t'offrir, je suis désolée !

Je m'éloigne, pédalant frénétiquement. Je ne veux pas qu'on me voie. Derrière moi s'élève ce qui ressemble à un « bêêêê » de déception.

À peine ai-je effectué la moitié du trajet de retour que le ciel s'assombrit et que la pluie se met à tomber à verse. Lorsque je parviens à l'angle de Plymouth Street, ma chemise et mon pull en coton, mon jean et ma casquette blanche sont trempés. Mais je souris. Dieu sait pourquoi, je souris. Tante Caroline me gronde :

– Jenna, où diable étais-tu passée ? Becky a dit que tu

avais pris le vélo mais... pourquoi maintenant ? Quand on te propose de venir en faire avec nous, les jours de beau temps, tu nous réponds que tu es « trop occupée ». Mais il suffit qu'il pleuve, et te voilà partie !

Dire que tante Caroline me « gronde » est exagéré. En même temps, elle frotte mes cheveux mouillés avec une serviette.

– J'ai voulu rendre visite à une amie à la campagne, dis-je d'une voix essoufflée. Seulement il a commencé à pleuvoir, et j'ai dû faire demi-tour.

16

– Tu sais ce que c'est, ces *bikers* ? De la racaille de mobile-homes défoncée au speed.

Ryan Moeller lâche ça sur un ton si violent que j'en reste stupéfaite. Je sais ce qu'est le speed, mais prétends le contraire pour que Ryan Moeller m'explique. C'est une fille bien charpentée, au visage large et couvert de taches de rousseur, et une tendance à l'indignation morale. De ce fait, on la croirait plus vieille qu'elle n'est, alors qu'elle a mon âge – comme moi, elle est en seconde, et du genre solitaire. C'est pendant le cours de M. Farrell que Ryan s'est prise d'amitié pour moi. Là, quand nous devons disposer nos bureaux en plastique de manière à former un cercle, Ryan et moi finissons systématiquement l'une à côté de l'autre, personne n'ayant envie de s'asseoir près de nous.

– Ils sniffent la came, ou se l'injectent dans une veine comme de l'héroïne. T'imagines ? Beurk !

Je dis à Ryan que non, je n'imagine pas.

Quand, en fait, j'imagine très bien. Malgré moi.

Prendre des comprimés oralement, ça n'a pas l'air méchant. C'est comme boire. Mais s'injecter quoi que ce soit avec une aiguille – ça, ça fait peur.

– ... À ce qu'on dit, ça bousille la tête. Chaque fois qu'ils en prennent, ça tue des cellules de leur cerveau. Quand tu vois comment se comportent ces *bikers* – Trina Holland, en particulier –, c'est clair.

Ryan a un rire méprisant, mais teinté d'excitation. Tendant le cou, elle cherche à mieux distinguer le coin du parking où traînent les *bikers* – interdit d'accès à qui n'est pas de leur bande. Difficile d'en vouloir à Ryan d'être jalouse de Trina Holland : de toutes les copines des *bikers*, c'est celle qu'on remarque le plus, avec ses cheveux platine coupés courts comme ceux d'un garçon, son jean ultra-slim taille 34, ses petits pulls moulants, ses bottes de cuir et son sublime visage en forme de cœur...

– ... ses parents l'ont, comment dire, reniée... D'abord elle est sortie avec Gil Rathke, qui est quasiment un dealer officiel, et puis elle est passée à Rust Haber, qui la suit partout comme un chiot fou d'amour, alors qu'avec tout le monde il est méchant comme un pit-bull. Maintenant, on dirait bien que T-Man se la fait... Tu les vois, là-bas, en train de se peloter ? C'est dégueu ! À ton avis, c'est quoi qui fait devenir comme ça ?

– Comme quoi ?

– Eh bien... tu sais, comme Trina.

Dans un geste d'autoprotection, Ryan a croisé les bras sur sa poitrine molle et volumineuse. Elle fronce les sourcils et secoue la tête, comme si venait d'y entrer une idée trop grosse pour elle. Elle porte des pulls informes sur des chemisiers, et des pantalons taille 46 dans des teintes ternes du genre beige ou gris.

Elle a les cheveux roux marronnasse, des éclaboussures de taches de rousseur qui ressemblent à des gouttes de pluie couleur rouille sur le visage et sur les bras.

Par « comme Trina », Ryan sous-entend « pas vierge ». Du moins, c'est ce que je pense, mais je ne l'encourage pas à poursuivre, je n'ai pas envie de discuter de ça.

– ... et Kiki Weaver, qui est en seconde. Tu l'as vue sortir avec Dubie – un mec de terminale – devant son casier de vestiaire ? Ce matin.

Je me sens rougir. Ça me met mal à l'aise, de déjeuner à la cafèt'. (Ça commence à m'angoisser, de manger au milieu d'autres gens. Pourquoi est-ce si important de le faire, pourquoi cette coutume de se regrouper pour manger ?)

On pourrait croire que Ryan Moeller et Jennifer Abbott sont les meilleures amies du monde, à les voir assises ensemble à une table isolée, au fin fond de la cafèt'. Une table pour les personnes comme Ryan et moi. Leur tournant le dos dans une attitude de défi, nous ignorons la foule bruyante des autres élèves.

Pourquoi Ryan m'aime bien, je l'ignore. C'est une fille grosse, lente et intelligente, extrêmement maladroite. Les cours de gym sont pour elle un cauchemar, ce qui ne fait que renforcer son mépris pour les athlètes et les filles sexy telles que Trina Holland. Peut-être me place-t-elle dans sa catégorie à elle, quelle qu'elle soit. En fait, la moitié du temps, je fuis Ryan en évitant de fréquenter la cafétéria. Je la fuis aussi en quittant en douce le cours de M. Farrell et en prétendant ne pas l'entendre appeler « Jen ? Jen... ». (Je ne lui ai pas dit que mon vrai nom, c'est Jenna.) Ryan m'a invitée chez elle après les cours, mais je hausse les épaules et lui dis merci, une autre fois peut-être.

Pourquoi je suis comme ça, je n'en sais rien. C'est comme porter ma casquette cradingue tous les jours – c'est comme ça et pas autrement. Est-ce que je me soucie de ce que pensent les gens ? Ces gens-là ? À Tarrytown, je n'étais pas comme ça. J'adorais mes profs, j'avais un tas de copains. Des amis proches, même.

Avant l'accident. Quand avoir des amis paraissait valoir la peine.

Depuis cette fameuse fois, le jour de la rentrée, Christa Shaw et ses copines gardent leurs distances avec moi. Sans doute ai-je un peu honte de m'être montrée si grossière à leur égard, mais j'ai eu depuis des tas d'occasions de m'excuser et n'en ai rien fait. Plus facile de détourner la tête ou de se composer un visage impassible.

Ne me plaignez pas ! Je vous l'interdis !

Ryan ne se doute de rien, en ce qui me concerne. Et n'a pas intérêt à fouiner.

À force d'observer les *bikers*, dehors, sur le parking, j'en oublie mon déjeuner. Quand je déjeune à la cafèt', c'est toujours la même chose : fruits, salade de cottage-cheese. Un petit pain accompagne le tout, plus une portion de beurre, que je donne à Ryan. Quand les fruits sont de la conserve nageant dans le sirop comme les répugnantes pêches en morceaux d'aujourd'hui, je les fais glisser de mon assiette à celle de Ryan – jamais assez pleine à son goût.

J'aimerais ne manger que des aliments blancs. Le blanc, c'est la pureté.

Et du Coca light. Je ne pourrais pas vivre sans Coca light pour me remplir, pour faire passer mes comprimés.

Si c'est un jour de grosse déprime, j'avale un Tylenol ou deux, ou de l'Advil pour calmer mon mal de tête qui est apparemment toujours là, aux aguets, comme la tonalité quand on décroche le téléphone. Avalée avec du Coca light, l'aspirine fait s'agiter et bondir mon cœur d'une façon qui, pour un peu, me réconforterait. Et j'ai toujours, dans mon sac à dos, un unique comprimé d'OxyContin, emballé avec soin dans du papier alu, telle une pièce d'or.

(Oncle Dwight n'a jamais remarqué l'absence de ses vieux analgésiques. Si ça se produit et qu'il m'accuse, j'ai déjà préparé ma réponse : s'il me croit capable de lui voler quoi que ce soit, sans doute vaudrait-il mieux que je ne vive plus chez lui.)

Je pense à cet analgésique caché dans mon sac...

... en me demandant combien de temps je vais pouvoir me retenir de le prendre, sachant que son effet ne durera que quelques heures, et pas le reste de ma vie.

– Ohhh. Regarde !

Le ton de Ryan exprime un profond dégoût. Un *biker* vient d'entrer sur le parking, et Trina Holland et les autres filles se précipitent à sa rencontre : enlacements, bisous, baisers plus poussés.

Sûr que c'est Crow. Son blouson de cuir sur le dos. Il porte même des gants.

Si j'en crois mon cœur qui bat, c'est Crow.

Je me suis dit et répété que j'étais une idiote. Crow est un nom si ridicule. Gabriel Saint-Croix, c'est encore pire. Il est ce que Ryan appellerait de la vermine blanche ou de la racaille de mobile-home. Aucun doute là-dessus.

Depuis mon deuxième jour au lycée – il y a maintenant des semaines – je n'ai pas revu Crow, sauf de loin. Les vestiaires des terminales se trouvent dans une autre aile du lycée de Yarrow. Bien que je voie souvent les amis de Crow, je ne suis jamais certaine qu'il soit avec eux, vu que je détourne les yeux avant qu'il ait pu m'apercevoir. C'est le réflexe de quelqu'un qui a eu l'imprudence de garder les yeux ouverts sur une lumière qui l'a ébloui, et ne veut pas commettre deux fois la même erreur.

Parfois, quand je crois voir Crow, il est seul. Parfois, il est avec des amis. Je n'en souffre que lorsqu'il est avec une seule fille et que, penchés l'un vers l'autre, ils rient et se parlent comme des amoureux. Il y a Trina Holland mais aussi Kiki Weaver, avec ses mèches violettes. Il y a une terminale qui s'appelle Dolorès, belle à tomber par terre, comme Jennifer Lopez. Et d'autres filles, dont j'ignore le prénom, qui ont des piercings aux oreilles, au nez, aux sourcils.

Je me souviens de la dernière fois que j'ai vu Crow, quand j'ai su que ça ne pouvait être que lui... C'était il y a quelques jours, pendant mon heure d'étude que je passais à la bibliothèque. Il se trouve que je regardais par une des fenêtres du premier étage, dans une de mes humeurs « zombie ». Sans être consciente du lieu où je me trouvais, et sans m'en soucier plus que ça, aucun moment ou aucun lieu ne valant mieux qu'un autre... Soudain Crow est apparu, sortant du lycée et traversant la pelouse en courant jusqu'à sa vieille Harley-Davidson. Il n'a pas pris le temps d'attacher son casque avant de s'éloigner dans un vrombissement.

J'ai pensé : *Une minute ! Ton casque ! Tu as déjà failli te tuer une fois.*

Ryan – qui s'est mise debout pour mieux voir ce qui se passe dehors – marmonne, fumasse :

– Oh ! Regarde un peu ça !

Après quelques instants d'agitation, c'est la blonde platine, Trina Holland, que Crow choisit d'emmener sur son siège arrière. Elle lui enserre la taille de ses bras, se tenant fermement à lui pendant qu'il quitte le parking et mon champ de vision.

Je saisis mon plateau et m'éloigne sans un mot. Ryan me suit des yeux, surprise et blessée. Je suis trop à fleur de peau, j'ai besoin d'être seule. La sonnerie annonce les cours de treize heures et, dans le brouhaha du hall, je suis tranquille. Oui, blottie devant mon vestiaire, je suis tranquille, invisible. Au milieu d'une salle de classe aussi, je suis tranquille, ramassée sur mon bureau. Du moment que je ne vois pas Crow. Du moment que je ne pense pas à Crow et à ce que ça me ferait de passer les bras autour de sa taille, je suis tranquille... et en sécurité.

En déposant mon plateau sur le comptoir, je jette un regard en arrière et constate que Ryan Moeller regarde toujours par la fenêtre, et porte goulûment à sa bouche des restes récupérés sur une quelconque assiette.

17

Voici pourquoi il est crucial de rester seul.

Un inconnu vous saute à la gorge et vous pompe aussitôt votre oxygène.

Comme Dara Bowen, la prof de gym du lycée de Yarrow. Une brune au physique d'Indienne, à la voix mélodieuse et sonore et au rire bruyant, qui claque des mains comme une gamine quand quelqu'un marque un panier, renvoie joliment le ballon de volley ou fait un beau plongeon dans la piscine.

Bowen est une enseignante très appréciée des élèves. Une prof de course et de sports de balle et de ballon très populaire.

Pas auprès de moi, cela dit. Je me suis tout de suite méfiée d'elle.

La moitié des filles imitent son rire contagieux. Pas moi.

On raconte, au sujet de Dara, qu'elle a manqué de peu d'être qualifiée dans l'équipe olympique américaine du temps où elle jouait pour l'université du Massachusetts.

Tous les ans, elle participe au Marathon de Boston et a déjà fini parmi les vingt premières femmes.

À Yarrow Lake (11 300 habitants), c'est loin d'être négligeable. Dara Bowen a une aura.

– Jen... c'est comme ça que les gens t'appellent ?

Les gens ? J'ai un haussement d'épaules indifférent.

Peut-être bien que oui. Peut-être bien que non. *Qu'est-ce que ça peut faire ?* semble dire mon faible sourire.

– Jen. Eh bien. À ce qu'on m'a raconté... mon ancienne camarade de fac, Meghan Ryder... ta prof d'athlétisme à...

Meghan Ryder. Je ne suis pas prête à entendre ce nom. J'ai le sentiment d'avoir été piégée. Mme Bowen scrute mon visage, guette ma réaction.

Mme Ryder. M'observant, assise à côté de mon lit d'hôpital. Serrant ma main dans ses doigts puissants, et me suppliant de croire que je marcherais, que je courrais à nouveau – grâce aux miracles de la physiothérapie.

Me suppliant de croire ce que semblaient contredire ses yeux mouillés de larmes.

– ... dans l'équipe, d'après Meghan... jusqu'à ce que tu... jusqu'à l'accident, et alors évidemment, alors... mais quand même... si tu souhaites m'en parler un jour, Jen, je serai heureuse de... de faire ce qui est mon pouvoir. Et puis, si ça te dit de passer à l'entraînement de course à pied un de ces après-midi... Vois comment tu le sens. J'ai reçu un mail de Meghan, il n'y a pas longtemps, où elle me disait qu'à Tarrytown, tu étais une équipière formidable sur qui on pouvait toujours compter...

Je bredouille :

– J'étais pas mauvaise, Mrs Bowen. Mais j'étais loin d'être la meilleure.

– Il ne s'agit pas d'être la meilleure, Jen. « Pas mauvaise », c'est bien suffisant.

– Aux rencontres d'athlétisme, en compétition, ça ne suffit pas.

– Oublie la compétition, Jen. Joins-toi juste à nous de temps en temps. Une fille en plus dans l'équipe ne serait pas de trop, crois-moi. Que dis-tu de demain après-midi ? Bien sûr, je ne veux pas te mettre la pression. Tu pourrais juste traîner un peu avec nous...

Je n'en reviens pas de cet échange. De m'être dévoilée à ce point-là.

Je n'en reviens pas, d'avoir parlé si franchement à une étrangère qui n'a aucun droit de s'immiscer dans mon existence.

C'est grossier, j'imagine, de tourner le dos à Mme Bowen et de m'en aller. Sans un regard en arrière. Sans une parole d'excuse. À peine un geste de la main signifiant peut-être oui, peut-être non. *Qu'est-ce que ça peut faire ?*

18

Deux jours plus tard, quelque chose se produit.

Sur la piste de la rivière Sable couverte d'une croûte de neige, quelque chose se produit. Ou ne se produit pas. Ou devrait se produire et ne se produit pas. Le pont ferroviaire sur chevalet, au-dessus de la rivière. Mes jambes flanchent, la panique m'envahit. Impossible de traverser.

Un vieux pont en bois. Un pont avec une étroite passerelle pour les piétons. Odeur de fer mouillé, de bois pourri. Odeur de froid hivernal. De neige. Odeur d'eau sombre et bouillonnante déferlant au-dessous du pont. Odeur d'écume. Odeur de givre sur la rive caillouteuse. Odeur de panique moite et nauséeuse. Odeur de mon corps en panique, sous sa couche de vêtements.

C'est la première fois. La première fois que je tente de traverser un pont à pied, et non dans un véhicule conduit par ma tante ou mon oncle. La première fois, depuis l'accident, que je ne parviens pas à fermer les yeux. À fermer les yeux comme un petit enfant. À rester sans bouger comme un petit enfant. À retenir ma respiration.

Et ce pont ! Ce pont ! Une infime portion du Tappan Zee !

Le Tappan Zee fait presque cinq kilomètres de long. Surplombant le fleuve Hudson, un pont de cinq kilomètres. *Cinq kilomètres !*

Une éternité. Pour l'éternité.

Cinq kilomètres. Et ce pont qui enjambe la rivière Sable fait dans les trois cents mètres. Un pont ferroviaire en planches avec une étroite passerelle pour les piétons. Un panneau met en garde : INTERDIT AUX MOTOS.

Un deuxième panneau : VÉLOS UNIQUEMENT POUSSÉS.

Un troisième panneau : INTERDIT AUX CHEVAUX.

Un quatrième panneau : ATTENTION : TRAIN.

On est samedi et on est en novembre. Un samedi que j'ai pour moi toute seule. Pas un samedi en famille. Pas de ça pour moi. Pour les McCarty, oui, mais pas pour moi. C'est un week-end en solitaire. C'est le milieu de l'après-midi. J'ai dit à tante Caroline que j'allais marcher. Vêtue de ma casquette blanche, d'une veste en toile bordeaux, d'un jean et de chaussures de course. J'ai dit à tante Caroline que oui, je préférais être seule. Que non, je ne me ferais pas mal. Que non, je ne courrais pas dans des endroits isolés. Et que je n'irais pas loin.

Six kilomètres jusqu'à Yarrow Lake, plus six kilomètres au retour. C'est la première fois que je me risque sur la piste de la rivière Sable depuis ma toute première tentative.

Depuis la chute. Depuis Crow.

Mais il ne sera pas là aujourd'hui. Si tu tombes.

Mme Bowen ne sera pas là. Sa faute si tu tombes.

Je ne suis jamais passée aux entraînements du mardi après-midi. Pas même pour jeter un coup d'œil aux coureuses de l'équipe d'athlétisme du lycée. Quelle blague... courir, l'équipe d'athlétisme. *Après l'accident*, presque tout semble une mauvaise blague.

En secret, sur la piste de la rivière Sable. Au début, j'aime l'effet que ça fait de respirer, c'est TELLEMENT BON. Mes pieds dans mes chaussures de course, sur la piste en copeaux de bois enneigée, ça aussi C'EST BON. Les muscles de mes jambes qui tirent à cause de l'effort, C'EST BON. Voler au-dessus du sol, agiter les bras. Avant de commencer à fatiguer, je fais l'erreur de respirer par la bouche.

J'exhale de la buée. Je m'essouffle et j'exhale de la buée.

Je porte des gants. Pourtant mes doigts se refroidissent.

Mes chaussures de course sont humides. Mes chaussettes de laine sont humides. Ma respiration s'accélère. Je perds le rythme, ne sais pas quoi faire de mes bras. L'air est bizarre. Un coup de vent emporte ma casquette. L'intérieur de ma casquette est cradingue. La bande qui me cerne le front est cradingue. Il faut que je lave ma casquette. Il faut que change de casquette. Comment faire ? J'ignore où est passée l'autre casquette, identique – celle de maman.

Six kilomètres. Cinq kilomètres.

Il peut se passer tellement de choses, en un seul kilomètre.

Soudain le pont est là, devant moi. Je ne m'attends pas à voir un pont. On dirait que la piste de course se poursuit sur le pont. La première fois, je ne suis pas allée aussi loin. Je suis tombée, j'ai abandonné. J'ai renoncé. Mais cette fois-ci, j'ai beau ne pas courir très bien, être essoufflée, et ne savoir que faire de mes jambes et de mes bras, pas question de renoncer. Je remarque que la rivière s'élargit à cet endroit précis. Un plus petit cours d'eau s'est déversé dans la rivière Sable, c'est pourquoi elle est plus large. Yarrow Lake doit être à deux kilomètres. Ce bout de piste est isolé. Ce coin du parc forestier est isolé. Nul ne court sur la piste en copeaux de bois cet après-midi, elle est couverte d'une croûte de neige. L'air, froid et humide, vous pénètre jusqu'à l'os. Froid sec, c'est bien. Froid humide, ça craint.

Mon souffle se fait court, irrégulier. Je vais devoir traverser ce pont. À moins de revenir en arrière, je vais devoir traverser ce pont. Je suis déjà à bout de souffle, après avoir grimpé pour l'atteindre. La piste est étonnamment raide. La neige verglacée glissante. Les semelles de mes chaussures sont glissantes. En haut, je mets la main sur mes yeux pour les protéger du soleil. Un froid soleil de novembre qui décline déjà, avare de ses rayons. Je regarde des deux côtés et ne distingue aucun train au loin. Pas de bruit de train non plus. Mais c'est peut-être un piège. Un piège destiné à attirer un piéton sur la passerelle, au-dessus de la rivière. Je pense : *Si un train passe pendant que je traverse le pont, ce sera ma punition pour maman.*

Je vais franchir le pont en marchant, non en courant. C'est un très très vieux pont branlant. La passerelle est en planches brutes ! Entre les planches, on aperçoit l'eau qui déferle au-dessous, sombre et écumeuse. Ici, on croirait un fleuve, et non une rivière. Comme il a plu, l'eau a beaucoup monté. De grosses branches d'arbre, des feuilles, et des débris dont la forme évoque de petites créatures noyées y affluent. Soudain, la tête me tourne. Ça me terrorise. Il n'y a qu'un seul garde-fou sur la passerelle, côté rivière. Et ce garde-fou, qui m'arrive à la taille, est du genre par-dessus lequel on pourrait tomber. C'est une rambarde en fer rouillée. Forte odeur de rouille. Les rails et les traverses paraissent eux aussi rouillés.

Ce gars, Rust[1]. C'est son nom. Me tendant ces deux feuilles froissées.

Crow dit que tu as oublié ça sur le parking.

Il se moquait de moi. Tous ceux du parking se moquaient de moi. Ils ne se seraient pas moqués de moi si Crow était mon ami. Mais peut-être Crow n'était-il pas mon ami. Peut-être faisait-il semblant ? Peut-être avait-il pitié de moi ? C'est comme l'accident. Juste avant l'accident. Je tente de me rappeler ce qui s'est passé, mais c'est impossible. J'ai mal à la tête quand je tente d'y penser. Mes yeux s'emplissent de larmes, je ne vois plus rien. J'ai vu (je crois) sur la voie où nous roulions, sur le Tappan

1. En anglais, *rust* signifie « rouille » (N. D. T.).

Zee... juste devant la voiture de maman. C'était une créature vivante. J'ai vu ! Par le pare-brise, j'ai vu, tandis que j'appuyais sur la touche « CD ». Je me suis mise à crier : « Maman, attention ! » Ma main gauche a bondi sur le volant. Je crois que c'est ce qu'a fait ma main. Je crois que maman a voulu repousser ma main. Je crois que j'ai crié. J'ai entendu un cri. Deux cris.

Des sirènes ! J'ai entendu des sirènes !

– Je ne peux pas. Je n'y arrive pas.

Ma panique est si forte à présent. Elle s'élève, en vagues, par les interstices des planches. Panique au goût d'eau saumâtre. Panique qui fait battre mon cœur dans ma poitrine comme quelque chose qui aurait l'aile cassée. Faut que je fasse demi-tour. À peine ai-je parcouru quelques mètres sur la passerelle. Même pas le tiers de sa longueur. Faut que je fasse demi-tour, agrippée à la rambarde pour ne pas tomber.

Tu vois, tu marches comme moi, comme si tu avançais sur une fine couche de glace. Après un grave accident, peur terrible de passer à travers la glace, de ressentir...

– Jenna !

Une heure plus tard, je boitille le long d'une étroite route goudronnée, à la sortie du parc. Il s'est mis à neiger – une quantité de flocons légers, duveteux, qui fondent au contact de mon visage. J'ai cessé de courir et je suis très fatiguée. Même ma panique a disparu. Je lève la tête et, plissant les yeux à cause des flocons de neige, distingue les phares d'une voiture, d'une voiture qui s'approche, freine, et s'arrête en parvenant à mon niveau. Oncle Dwight baisse la vitre.

– Jenna ! Dieu soit loué ! Monte vite !

Il est quatre heures et demie, le crépuscule approche. Mon oncle et ma tante sont sortis me chercher en voiture. Ils ont sillonné Post Road, Lakeview Road, Rockhill Road, Ferry Road… Ils ont sillonné le parc forestier désert. Tante Caroline se précipite hors du véhicule et me serre dans ses bras. Au tremblement de ses bras, je sens combien elle m'aime.

– Oh, Jenna. Il y a des heures que tu es partie, on a eu tellement peur.

Raide et figée dans les bras de ma tante, claquant des dents de froid, je ne demande pas : *Peur de quoi ?*

19

– Quand les gens entrent dans ta vie, il y a toujours une raison, vois-tu. Ils ne la connaissent peut-être pas eux-mêmes. Tu ne la connais peut-être pas toi-même. N'empêche qu'il y a une raison. Forcément.

Comment Trina Holland entre dans ma vie. Et manque de la détruire.

Ça commence par le plus grand des hasards. Du moins, c'est ce qu'on dirait. Quelques jours après l'épisode du pont ferroviaire. Alors que je suis encore un peu secouée. Plus que jamais, je déteste les sonneries du lycée. (Les professeurs les détestent eux aussi. Je les ai vus, dans le hall, grimacer et lever les yeux au ciel quand ces saletés de sonneries se déclenchent.) Cette fois, c'est pour la dernière heure de cours que ça sonne. Je monte l'escalier, les jambes lourdes comme du plomb. Il se trouve que j'aimais les cours, autrefois. Maintenant, non. Des gars me bousculent, volontairement peut-être. Personne ne me cherche des poux dans la tête, plus de « Ohé, chérie, t'es chauve ou quoi ? » ou de casquette arrachée. À croire qu'ils ont (peut-être) pitié de moi ou qu'ils ont (peut-être) peur de moi comme on a peur d'un chat renfrogné qui pourrait, soudain, se jeter sur vous toutes griffes dehors. Je suis nerveuse. Je suis pleine de ressentiment. Il y a quelque chose de sauvage en moi. Je veux COURIR COURIR COURIR. Même si mon corps n'est pas encore prêt, je veux COURIR COURIR COURIR. Mais ici, je suis prise au piège. Au lycée de Yarrow, je suis prise au piège. C'est bien le dernier endroit au monde où j'ai envie d'être : dans le cours de ce péteux de Farrell qui va nous rendre nos devoirs de trois pages sur *Des souris et des hommes* avec ses commentaires habituels, ironiques et moqueurs, qui feront rire les gens de la classe comme des hyènes sans cervelle.

La dernière fois que Farrell a rendu des dissertes, il s'est soudain tourné vers moi.

– Jen-nifer Abbott. Tu veux bien lire à tes camarades ton remarquable devoir ? il m'a demandé avec une sorte de sourire méprisant.

J'ai rentré la tête dans les épaules comme un animal blessé et dangereux, comme pour les attaquer, lui et tous ceux qui se moqueraient de moi. Mais pas question de répondre. Le silence s'est fait, jusqu'à ce que Farrell finisse par hausser les épaules, déclencher les rires de la classe avec un clin d'œil, et passer à quelqu'un d'autre.

Remarquable. Mon devoir était couvert de gribouillages au stylo rouge, semblables à de petites éraflures. Et il n'y avait pas de note, juste un : « ??? »

Autrement dit, j'étais censée le refaire. Je m'en suis bien gardée.

Bon, toujours est-il que ce jour-là, je n'assiste pas au cours d'anglais et arts de la communication. À la place, j'atterris dans les toilettes des filles, au premier étage du bâtiment – toilettes situées dans l'aile des terminales. Le plus loin possible du cours de M. Farrell. Interdit d'accès aux secondes. Les terminales te foudroient du regard s'ils te trouvent là, ou font des commentaires blessants. Mais elles sont désertes à présent, à ce qu'on dirait. J'ai besoin d'un autre Tylenol pour me calmer les nerfs. J'en ai déjà pris deux ou trois aujourd'hui, que j'ai avalés avec du Coca light, c'est pourquoi je me sens toute ballonnée. Je farfouille dans mon sac à dos à la recherche du flacon quand un son de hoquets et de vomissements me parvient aux oreilles, depuis l'un des cabinets. Un bruit affreux, qui évoque l'angoisse et les sanglots. Mon premier réflexe serait de sortir rapidement, de ne pas être mêlée à ça. Mais voilà que je m'entends dire :

– Excuse-moi... Ça va ? Tu as besoin d'aide ?

Comme aurait fait maman, ou tante Caroline. La personne qui rend tripes et boyaux dans les toilettes ne m'entend pas, ou m'ignore. Puis on tire la chasse et une fille aux cheveux platine, noirs au niveau des racines, sort en titubant, le regard effaré. Elle s'essuie la bouche du revers de la main et marmonne Dieu sait quoi. C'est Trina Holland.

La copine de Crow. L'une des copines de Crow.

Trina me bouscule comme si je n'étais pas là. Elle est plus petite que moi, même avec ses cuissardes à talons. Si je suis mince, elle est vraiment maigre – elle ne doit pas peser plus de quarante kilos – et tout en nerfs, tel un chat au poil hérissé. Elle renverse le contenu de son sac imprimé zèbre à côté des lavabos, cherchant frénétiquement quelque chose. Toutes sortes de trucs tombent, pêle-mêle, de son sac : une brosse à cheveux, un téléphone portable, un trousseau de clés, des cigarettes échappées d'un paquet, des pièces de monnaie, des mouchoirs en papier roulés en boule, un portefeuille en cuir visiblement coûteux, une montre cassée qui semble elle aussi valoir très cher, des tubes de rouge à lèvres, de la poudre compacte, du mascara et même du dentifrice. Et des limes et des ciseaux à ongles, un couteau, une pomme à moitié mangée et du chocolat de régime. Il flotte une forte odeur de pharmacie, un flacon de Coridicin, sirop pour la toux, s'étant répandu parmi les affaires de Trina. (C'est le sirop qui est censé faire planer quand on arrive à en prendre assez sans le vomir aussitôt.) Trina est furieuse de constater que le flacon a fui et elle le balance, tout dégoulinant, vers une poubelle. Sauf qu'il rate son but et vient ricocher contre le mur.

– Ohhhh, mince ! Ohhhh, au secours !

Trina a un nouveau haut-le-cœur. Elle crache dans le lavabo. Elle est à moitié effondrée sur la cuvette. Sa peau est tellement rouge que j'aurais peur de me brûler les mains à son contact. Quand je l'attrape par le bras pour l'empêcher de tomber, elle se dégage, me maudissant à voix basse :

– Tu es qui, toi, bordel ? J'te connais pas !

Trina n'est pas si jolie que ça, à cet instant. Elle a le teint cireux et un filet de vomi a roulé sur son menton.

Son rouge à lèvres violet foncé s'est estompé et son mascara noir a coulé. Elle a un piercing courbe en argent au sourcil droit, un minuscule anneau d'argent dans le nez et un autre sur la lèvre inférieure. Ses oreilles sont mouchetées de clous d'or et d'argent. Avec tout ce qui brille, son petit visage en forme de cœur paraît fragile.

Elle porte son habituel jean slim et un pull noir moulant, sans rien en dessous. Ça me fait un choc de lui voir, sur le poignet gauche, le tatouage d'un serpent vert enroulé sur lui-même, aux étincelants petits yeux dorés, à la minuscule langue rouge et fourchue.

Le tatouage de Crow. En plus petit.

Trina fouille désespérément dans ses affaires. En gémissant :

– Mince ! Oooohhh, mince !

Le sirop qui fait planer. C'est peut-être à cause de ça... Vu son état, son cœur doit battre à tout rompre. Sa peau brûlante, comme dans un accès de fièvre... Elle cherche quelque chose qui lui permette d'atterrir en douceur, j'imagine. Remarquant que je l'observe dans le miroir, elle fait la moue et me jette un regard noir – et néanmoins pas totalement hostile. Puis elle repère la brosse à dents et le tube de dentifrice, ouvre le robinet à fond et commence à se brosser les dents. Avec fougue. Comme s'il fallait que ce soit fait, et vite.

– Tu comprends, si on se brosse pas les dents tout de suite après avoir gerbé, le vomi pourrit les dents. C'est dé-goû-tant.

Trina est trop nerveuse, la brosse à dents lui glisse des

mains. Elle se met à pleurer et à se frapper les cuisses, de ses tout petits poings. Je me dis que, dans son état, Trina est dangereuse pour elle et pour les autres. Mais impossible de la signaler, de cafter... Je veux la protéger. Au lieu de quoi, je lance d'une voix timide :

– Trina ? J'ai quelque chose qui pourrait peut-être t'aider.

Mon dernier comprimé d'OxyContin. Emballé dans du papier alu, caché dans une poche secrète de mon sac à dos. Je l'ai conservé pour le prendre moi-même, en cas d'urgence. Mais Trina Holland est tellement dans le besoin que, tendant la main, je le lui propose. À cette vue, elle écarquille les yeux.

– Mince alors ! Ce serait pas...

Trina saisit le comprimé, le fourre dans sa bouche sans une seconde d'hésitation et l'avale avec une gorgée d'eau du robinet. Elle me sourit, à croire qu'elle n'en revient pas de la chance qu'elle a.

– Tu m'as sauvé la vie, ma louloute. *Je t'aime.*

Comme si l'OxyContin avait un effet aussi immédiat ! Trina se jette à mon cou, me serre fortement contre elle et me plaque un bisou humide sur le coin de la bouche. Un bisou qui sent le dentifrice et autre chose, une odeur aigre et écœurante – mais ça m'est égal.

C'est comme ça qu'on devient amies, Trina Holland et moi.

20

Eh ma louloute, ça te dirait qu'on traîne ensemble ? Après les cours, retrouve-moi derrière...

Pendant si longtemps, il n'y a rien eu. À Yarrow Lake. Dans la maison de Plymouth Street. Dans la chambre nunuche de la maison coloniale en brique de Plymouth Street. Rien ne se passait, si ce n'est dans ma tête, là où ça me fait peur. À présent, il y a quelque chose. Quelque-chose-qui-va-arriver. Six mois se sont écoulés depuis l'accident.

Mon portable sonne, et c'est Trina.

Mon portable sonne et (surprise, déconcertée, ma tante Caroline en veut déjà à cette nouvelle amie qu'elle ne connaît pas tandis que je me glisse hors de la pièce en parlant d'une voix fébrile) c'est Trina.

Jenna, ma louloute, eh, je suis vraiment désolée, j'avais oublié de te dire, ah ouais, je te l'avais dit ma louloute... Ouais bon bref, on est – on est où, Rust ? – quelque part dans le centre-ville, à peu près à cinq minutes de chez toi, on peut faire demi-tour et passer te prendre, sors et mets-toi devant chez toi, ma louloute, il y aura ces mecs de Canaan qui sont top cool...

Mon portable sonne, c'est Trina.

Mon amie Trina.

Trina Holland, mon amie.

Je suis comme une petite fille qui, debout devant son miroir, essaie les vêtements de sa grande sœur. Elle se regarde, éclate de rire, c'est tellement extraordinaire...

– Trina, salut. C'est Jenna.

Tout à coup, il se trouve que Trina Holland veut traîner avec *moi*.

Et me présente à ses amis. (À certains de ses amis. Pas aux mecs plus âgés, qui ne vont pas au lycée. Ni à Crow, Trina préfère le garder pour elle.) Les après-midi où elle décide de sécher les cours, Trina me veut auprès d'elle. Pour glander au centre commercial, passer du temps chez Kiki Weaver quand les parents de Kiki sont au travail. Pour rouler dans la Cherokee cabossée de Rust Haber, ou le 4 × 4 peint en noir avec des éclairs rouges sur les côtés de T-Man, en écoutant du *heavy metal* si fort qu'on a les dents qui vibrent.

– Allez, Jenna ! T'es trop cool pour pas au moins essayer.

Pour partager une canette de bière light avec moi, le liquide mousseux dégoulinant sur ses articulations tandis qu'elle me la passe, dans le véhicule qui fait une embardée. Pour partager ses paquets de cigarettes tout écrabouillés. Pour partager sa dope.

Je peux planer, je crois. Comme *dans le bleu*.

Trina dit ne pas prendre de drogues dures. Pas de crack. Ce qu'elle aime par-dessus tout, c'est fumer des joints – de l'herbe – et boire des bières avec ses copains. L'autre truc, elle en a peur, ça fait battre le cœur si fort. Et ça te grille le cerveau. Mais la dope, l'herbe ou le shit – la came que leur fourgue T-Man –, c'est vraiment cool.

L'OxyContin, c'est vraiment vraiment top, mais on ne s'en procure pas facilement. Tant d'adultes y sont accros. Tous les fumeurs de joints que connaît Trina sont des gamins. Mais les adultes, eux, sont fanas d'OxyContin, c'est pour ça que c'est cher.

Je dis à Trina qu'à ce qu'on raconte, ça rend vraiment dépendant et, qu'à cause de ça, vaut peut-être mieux pas en abuser. Trina me fixe comme si, tout à coup, elle ne me supportait plus : ma mine blafarde, mon visage quelconque. Et ma casquette, en particulier. Alors elle me la retire, m'ébouriffe les cheveux, m'examine d'un air critique, me traîne jusqu'à un lavabo, m'oblige à mettre la tête sous le robinet d'eau, me coiffe avec la brosse qu'elle garde dans son sac imprimé zèbre, et décide que je dois me teindre les cheveux en blond platine, comme elle, pour que...

– Les gens nous prendraient pour des sœurs, tu comprends. Des jumelles, sauf que tu es plus grande. T'as besoin d'être relookée, Jenna, comme à la télé. Je m'en charge.

C'est ainsi. Trina se charge de tout.

Trina qui ne fait confiance à quasiment personne. À moi, Trina fait confiance.

Ce premier jour, dans les toilettes des filles. C'est le

« destin », dit Trina. Une inconnue, une fille qui n'a aucune raison d'être gentille avec elle, s'avance tel un « ange gardien » et lui fournit précisément ce dont elle a besoin pour atterrir après un mauvais trip.

– C'est la preuve que tu es une vraie amie. C'est... c'est ce qu'aurait fait une sainte. J'oublierai jamais ça, Jenna chérie.

Jenna. À Trina, j'ai dit que je m'appelais comme ça. Désormais, pour ses amis, je suis Jenna. Personne d'autre, au lycée de Yarrow, ne me connaît sous ce nom-là.

Ryan Moeller ouvre les yeux comme des soucoupes quand elle nous voit ensemble. Moi, avec Trina Holland. Moi !

Trina et ses amis ne fréquentent guère la cafétéria du lycée. Mais, s'il fait vraiment mauvais, il arrive qu'ils y passent la pause-déjeuner, après avoir pris d'assaut une table. Les filles boivent des sodas light et du café (pour le shoot de caféine). Elles évitent de manger vu que si elles s'y mettent, leur faim est telle qu'elles s'empiffrent littéralement, ce qui les oblige, plus tard, à s'enfoncer un doigt dans la gorge pour se faire vomir – ce qui, comme dit Trina, est dégoûtant... et mauvais pour les dents. Elles sont donc là, certains jours, à la cafétéria, autour d'une table peuplée et bruyante : Trina, Kiki, Dolorès, Sandy, et d'autres filles que je ne connais pas, et des mecs balèzes comme T-Man Dubie, Rust Haber, Roger Nabors. Chaque fois, j'espère voir Crow avec eux, mais il est rare qu'il déjeune à la cafétéria. Trina se plaint que Crow n'est pas fiable. Qu'il ne vient jamais quand on l'attend.

– Il a cette famille, ce père estropié qui s'est pris une balle au Vietnam, un menuisier ou un truc dans le genre. À croire qu'il n'y a que Crow dans cette famille, vu comment ils dépendent tous de lui. Il passe la moitié du temps à travailler pour son père. Même sa sœur, un jour elle est rentrée à la maison avec un bébé, un vrai, et le leur a *laissé*.

Trina est fébrile et excédée quand elle parle de Crow, mais dès que je pose une question, elle se désintéresse du sujet et, en criant, s'adresse à quelqu'un d'autre, autour de la table.

Et voilà Ryan Moeller qui – vêtue de sa chemise ample, de son pull et de son pantalon taille 46 – passe près de nous, son plateau à la main, me fixant comme si elle n'en croyait pas ses yeux. Je détourne aussitôt la tête. Je ne veux pas que Trina Holland et ses amies m'associent à cette fille de seconde triste et grosse qui passe, seule, près de notre table.

Ma nouvelle vie, maintenant, est auprès de Trina Holland.

Toujours quelque chose sur le point d'arriver.

21

Le portable sonne, et c'est Trina.

Je ne suis plus solitaire, désormais. Je ne suis plus seule non plus. Parce que je peux appeler Trina sur son portable. Parce que Trina m'a dit de l'appeler. N'importe quand. De jour comme de nuit. Même si Trina ne répond pas, je peux laisser un message : *Salut Trina, c'est Jenna, j'appelais comme ça...*

Quand retentit la sonnerie de mon portable, c'est Trina.

– ... disait que tu avais eu un accident, Jenna ? Je suppose que c'est pas le même accident que Crow, quand même.

Trina applique sur ses cils du mascara d'un noir d'encre. Se penchant sur le miroir, elle manque de s'y cogner. Elle tire une longue bouffée de sa cigarette et me la passe pour que je la lui tienne. Ce n'est pas un joint, mais une cigarette. La fumée me pique les yeux et me noue la gorge.

Ça me surprend, que Trina me pose une telle question. À croire qu'elle ne connaît pas si bien Crow. Je lui dis que non. Que l'accident de voiture que j'ai subi n'a pas du tout eu lieu par ici. Qu'il s'est produit le printemps dernier.

Je suis angoissée. J'en ai trop dit à Trina. Mais elle ne me demande rien au sujet de l'accident – comme si elle n'avait pas écouté. Elle détaille, d'un œil critique, son visage dans le miroir. Tire une autre bouffée de sa cigarette, recrache la fumée et répète, une fois de plus, que Crow n'est pas fiable.

– C'est le mec le plus cool du monde, mais il fréquente des filles depuis tellement longtemps qu'on peut pas... comment dire... lui faire de l'effet, et je déteste ça. Les autres types, ils te traitent comme une fille à part, mais Crow... il a le *sang-froid*[1], c'est ce qu'il dit – il perd jamais le contrôle.

Je ne comprends pas bien ce qu'elle veut dire. Si c'est du français, le prononce ça d'un ton plat, comme si c'était de l'anglais.

– Non qu'il ne soit pas sexy... Oh, mince, pour l'être, il l'est. Mais c'est... après. Il a la tête ailleurs. Il a de la famille au Canada, à ce qui semble. C'est comme s'il menait une vie secrète. Il prétend vouloir traîner avec nous par exemple, mais ne pointe jamais le bout de son nez. Il veut pas non plus me donner son numéro de portable. Il est comme ça, Crow... Il y a des filles plus âgées

1. En français dans le texte (N. D. T.).

qui lui courent après, en ville. Des filles de vingt et quelques années. Mariées, quelquefois... Je te jure ! Crow fume de l'herbe mais pour ce qui est des trucs plus forts, il a décroché. Tu sais pourquoi ? D'après T-Man, Crow a failli y passer après avoir sniffé du crack. Du crack pur, tu vois le truc ? Non, tu ne vois peut-être pas, Jenna, et ça vaut mieux comme ça. Crow a failli mourir et ça lui a fait peur. Il se camait avec des types plus âgés, à l'époque. Ils ont dû l'amener aux urgences, parce que son cœur s'était... comment dire... arrêté. Mince ! Heureusement que je le connaissais pas encore. Mon copain Gil Rathke – il est hyper-sympa, plus âgé que nous – me racontait qu'ils ont flippé comme des dingues. Crow n'arrivait pas à... il ne respirait plus, ses potes ont paniqué et ils l'ont déposé là... aux urgences... enfin, sur le trottoir... parce qu'ils avaient peur des flics, tu comprends ? Crow ne leur en a pas voulu, à ce qu'on dirait – Crow est du genre à pardonner –, quoi qu'il en soit, ils lui ont sauvé la vie, c'est ce qu'il dit. Bizarre quand j'y pense... j'étais encore une gamine, alors. En seconde, comme toi. Ça me paraît tellement loin.

Trina éclate de rire. Elle a fini d'appliquer son mascara, et ses yeux sont vifs, brillants, magnifiques. Sur son sourcil, le piercing courbe ressemble à un hameçon. Ses lèvres sont d'un beau violet foncé, pas étonnant que ça perturbe les garçons. Les écailles du petit serpent vert lové sur son poignet semblent luire elles aussi. Trina remarque que j'admire son tatouage.

– Crow et moi, on s'est fait tatouer au même moment.

Chez ce type, ce tatoueur qui a la boutique près du lac. C'est comme porter les mêmes bagues, j'imagine... Des alliances, je veux dire. Parce que Crow et moi, on est proches. Ce qui me gonfle vraiment, c'est que Crow a un faible pour, je sais pas moi, les blessés de la vie... les invalides et autres losers.

Trina pointe son petit menton, comme pour me mettre au défi de la contredire.

Des gens blessés. Des invalides. Et des losers. Les mots de Trina ont dépassé sa pensée. C'est sûr. Trina Holland est mon amie la plus proche. Impossible qu'elle ait voulu me blesser, non ?

22

Pourquoi j'ai loupé le dîner ? Pourquoi trois fois cette semaine ?

Je suis renfrognée, boudeuse. Ça me gonfle d'avoir à m'expliquer comme si j'étais une petite fille.

Comme si les adultes s'expliquaient, eux. Comme si mon père l'avait jamais fait.

Oh mince ! Comme dirait Trina, les adultes vous bousillent et ne vous disent jamais pourquoi.

Pourquoi n'ai-je pas appelé la maison alors que je savais que j'allais être en retard ?

J'ai appelé. Du moins il me semble. Mon portable ne marchait pas.

Je n'ai peut-être plus de batterie. Ça ou autre chose...

Pourquoi ce coup de fil du lycée ? Je ne sais pas. J'ai assisté à tous les cours cette semaine. Du moins, je crois. Il y a des profs, ils passent le temps à me chercher. On dirait qu'ils me détestent parce que je viens d'un autre lycée.

Non, je n'ai pas bu de bière sur le parking du lycée ! Ce n'est pas vrai !

Je n'ai pas fumé aux abords du lycée ! Si quelqu'un dit m'avoir vu, c'est un menteur.

Tante Caroline dit : « Jenna, il faut qu'on parle ».

Tante Caroline a l'air blessée. Tante Caroline a l'air en colère.

Oncle Dwight est nerveux, demande ce qui ne va pas. « Jenna, il faut qu'on parle. »

Mince... J'entre et, avant que j'aie pu gravir les marches, voilà qu'ils m'interceptent. Et respirent mon haleine.

Trina m'a pris ma casquette et a refusé de me la rendre, sous prétexte qu'elle est moche. Si seulement je l'avais encore, pour pouvoir me l'enfoncer sur la tête.

Et si seulement Trina était là. Elle dirait à ma tante de se mêler de ses oignons et de me foutre la paix, c'est ça que dirait Trina !

Ça déchirerait, ce que dirait Trina ! Je me retiens d'éclater de rire. J'ai la nuque qui bourdonne. Dans ma bouche, la bière a un goût aigre, mais une fois avalée, quand le bourdonnement commence...

Jenna ? Qu'est-ce qu'il y a de si drôle ?

... au centre commercial. Avec mes amies. Non, pas de mecs. Juste mes copines filles. Vous les connaissez pas. On est allées au Cinemax, je vous l'ai dit. Non, je me rappelle pas le nom du film. On a mangé là-bas. Non, je me souviens pas. Non, que des filles, j'ai dit ! Je vous ai dit qu'il n'y avait pas de mecs. Quelqu'un nous y a amenées en voiture, OK ? Au centre commercial. C'est pas la mort ! Comment je saurais à quelle heure ferme le centre commercial ? Je suis pas là, à regarder l'heure toutes les cinq minutes. On m'espionne ou quoi ? Qui ça regarde ? J'ai essayé de vous appeler, je vous dis. Je suis pas une menteuse. J'ai beaucoup travaillé sur cette dissertation. C'est parce que je suis nouvelle à Yarrow, et que je déteste ce lycée. Les profs le savent. Mon prof d'anglais le sait. À la première occasion, il se moque de moi. Il me fixe. *Des souris et des hommes* de John Steinbeck est un roman qui m'a angoissée, vous comprenez ? Je savais comment ça finirait. Je le savais. Et je le détestais, à cause de ce que ça allait me faire – c'est pour ça, j'imagine, que je l'ai pas vraiment fini. J'ai jamais lu le dernier chapitre. En feuilletant le bouquin en partant de la fin, j'ai pensé : *N'importe lequel d'entre nous pourrait être un sujet de roman, sans savoir comment l'histoire se termine. Par contre, quelqu'un qui ne vous connaît pas du tout pourrait le savoir, rien qu'en feuilletant les feuilles de votre vie d'une main indifférente.* Et ça m'a fait flipper. J'ai donc eu du mal à écrire un devoir sur *Des souris et des hommes* qui ressemble à ce que voulait ce péteux de Farrell, alors j'ai pas écrit un vrai devoir. J'ai imprimé un truc trouvé sur Internet, je sais même plus quoi. Pourquoi, je viens de vous l'expliquer... Non, je n'ai pas séché tant de cours que ça. Je n'ai pas séché de cours. Je n'ai pas séché de cours de gym. J'aime bien ma prof, Mme Bowen. J'ai essayé de vous appeler, je vous l'ai dit. C'est pas ma faute si j'avais plus de batterie. C'est pas ma faute si vous me croyez pas. Si vous me prenez pour une menteuse, vaudrait peut-être mieux que je vive pas chez vous. Je ne mérite peut-être pas de vivre sous votre toit.

Si vous ne me faites pas confiance, je veux dire.

Si je ne vous fais pas confiance.

23

– Allez, viens ma louloute !

Trina se moque de moi. De l'expression de mon visage. De mon air hébété, de mes yeux écarquillés.

Alors que je songe : *Trina Holland habite ici. Dans cette maison ?*

Trina a un rire impatient. Me pince, comme pour me réveiller. Dans ma tête résonnent encore les puissants décibels de Metallica cognant dans le 4 × 4 de T-Man. J'ai encore les larmes aux yeux à cause de toute cette fumée de cigarette. Et je m'efforce de ravaler mes hoquets dus à la bière. Cette maison – dont Trina dit nonchalamment que c'est la sienne – m'étonne, me stupéfie tellement que pour un peu je n'y croirais pas. Tout ce temps où j'ai pris Trina Holland pour ce que Ryan Moeller appelle de la racaille de mobile-home... Or il s'avère que la maison des Holland fait deux fois celle des McCarty – et des Moeller – et qu'elle vaut beaucoup plus.

J'avais quand même saisi, à quelques petits détails, que Trina n'était pas réellement pauvre. À certaines de ses remarques, le genre de réflexions que pourrait faire une fille riche et gâtée, et au fait qu'elle possède des affaires coûteuses, comme ses bottes en cuir authentique et non en simili, sa montre qu'elle ne cesse d'égarer, son portefeuille...

Nous remontons l'allée qui mène chez Trina. T-Man nous a déposées dans la rue. Après le lycée, on a traîné au centre commercial avec Kiki Weaver, mais la maman de Kiki est venue la chercher, et nous a dit que nous devrions nous aussi venir avec elle et qu'elle nous ramènerait aussi, mais Trina n'était pas d'humeur. Par chance, on est tombées sur T-Man et ses copains. T-Man roule si vite, dans son 4 × 4. Et il rit, déboîte sur les voies rapides avec de brusques embardées, fait des queues de poisson aux autres véhicules. Sur la banquette arrière, je crispe mes poings sur ma bouche, pour que personne ne devine ma peur, ni ce à quoi je pense : *Ils ne savent pas. Ils ne savent pas quel effet ça fait de perdre le contrôle de la voiture qu'on conduit, de partir en vrille et de se crasher ; de se déchirer à tel point la gorge à force de crier qu'on a l'impression de cracher du feu. Ou ce qu'on ressent pendant cette fraction de seconde où l'on saisit qu'on a perdu le contrôle et qu'on ne le reprendra pas.* Mes amis ne savent pas.

Il fait froid ce soir. Notre souffle produit de la buée. Il y a de la neige partout. Mais ici, près du terrain de golf, dans la rue au nom élégant – « col de Palmer Woods » – où vit Trina, il y a plus de neige qu'en ville. Dans le crépuscule, elle prend une teinte bleutée et forme des espèces de longs monticules, élégants comme des dunes, comme des sculptures. Et la maison, à laquelle Trina n'accorde pas même un regard, est magnifique. Depuis la rue on voit, à l'intérieur, clignoter les guirlandes de Noël, blanches et bleues. Le grand sapin, dans la fenêtre du séjour : une vraie vitrine de Noël. Toutes les maisons que j'ai vues, sur le col de Palmer Woods, sont aussi grandes que celle des Holland, récentes et somptueusement décorées pour Noël – ce qui me donne l'impression de flotter dans un océan de neige.

Je dis à Trina qu'elle a une belle maison. Elle marmonne un truc du genre « mouais ». À croire qu'elle est gênée, ou que je la gonfle, Dieu sait pourquoi.

Peut-être parce que ça saute tellement aux yeux. Que la maison est belle. Un peu comme si elle me disait : « Tu crois que je le sais pas ! »

Ou bien ça l'embarrasse d'être une gosse de riches. Vu la bande avec laquelle elle traîne.

Ce que nous faisons là, je n'en sais trop rien. La mère de Trina n'a pas arrêté de l'appeler sur son portable, laissant des messages de plus en plus fébriles : « Trina, où es-tu ? Trina, tu sais que tu es interdite de sortie jusqu'à dimanche. Trina, si je n'ai pas de nouvelles de toi, je te signale comme fugueuse à la police ; ils te ramèneront dans une voiture de patrouille » – ce qui nous a bien fait rire. Trina dit qu'il vaut mieux qu'elle rentre, même si sa mère est folle. Que lui envoyer les flics, c'est le genre de dinguerie dont elle est capable. Mais quand Trina a tenté de la rappeler, la ligne était tout le temps occupée. T-Man nous a donc déposées, et j'ignore s'il est prévu qu'il revienne nous chercher.

Si j'appelle tante Caroline, ça va la contrarier, elle n'aime pas que je passe tellement de temps avec Trina. Celle-ci m'a donné des conseils sur la manière de m'adresser à ma tante, quand je rentre tard : « Si tu veux qu'on te fiche la paix, sois toujours calme et polie, ne réponds jamais comme une sale gosse. Les adultes n'attendent que ça pour attaquer. » J'ai déjà invoqué ce prétexte : je fais mes devoirs avec Trina Holland parce que son papa a un ordinateur extra pour faire des recherches. Quand je raconte à tante Caroline ce genre de choses, elle a toujours envie de me croire.

– Dans le ventre de la bête, ma louloute. Retiens ton souffle !

Trina ne cesse de me donner de petits coups dans le dos, de me pousser en avant. On entre dans sa maison par une petite porte qui donne sur une cuisine faiblement éclairée. Une source de lumière au-dessus de la plus belle cuisinière que j'aie jamais vue, plus un spot encastré dans le plafond du coin petit déjeuner. La cuisine des Holland fait deux fois celle des McCarty et ressemble à celles qu'on voit dans les show-rooms. Il y flotte une odeur de brûlé et une odeur rance et douceâtre, comme si quelque chose avait pourri. L'évier est rempli d'une eau grise et écumeuse. Des assiettes y trempent, d'autres s'empilent sur le plan de travail. La porte du lave-vaisselle est baissée, mais la vaisselle propre n'a pas été rangée.

Sur une chaise s'entassent, pêle-mêle, des journaux, des emballages de plats à emporter, des sacs de courses. Je trébuche sur un truc qui se révèle être une fourchette.

Bizarre de voir la saleté s'accumuler dans une cuisine si moderne et luxueuse.

D'un coup de pied, Trina envoie balader la fourchette sur le sol. Et me donne des petits coups dans le dos, pour que je continue à avancer.

– Chut ! me souffle-t-elle à l'oreille.

Comme si nous étions des voleuses dans cette maison qui est la sienne.

La demeure est si vaste, si tentaculaire... Des voix nous parviennent, lointaines, une télé ou une femme qui parle au téléphone. Trina se glisse devant moi, et me tire à présent par le poignet. Dans la maison, il fait chaud comme dans une serre. Après l'air glacé du dehors, j'ai les joues en feu. La voix de la femme monte en volume, devenant plus perçante, plus méfiante – à croire qu'elle se dispute avec quelqu'un. Trina m'entraîne jusqu'à l'escalier recouvert d'une épaisse moquette marron, alors que la femme en question sort par une porte pour entrer dans le séjour, sans nous remarquer, tout à son téléphone portable. Tout ce que je vois de cette femme, c'est qu'elle a à peu près l'âge de tante Caroline, les cheveux d'un artificiel noir luisant attachés sur sa tête par des petits peignes, et qu'elle porte une sorte de peignoir de soie qui lui tombe jusqu'aux chevilles et dans lequel elle se prend les pieds. Derrière elle, un séjour avec plafond cathédrale et verrières. Au fond de la pièce, le sapin de Noël haut de quatre mètres, décoré de guirlandes clignotantes bleues et blanches.

– Allez, viens ! me glisse Trina à l'oreille.

À mon grand étonnement, elle m'entraîne dans l'escalier au lieu de parler à sa mère. Je croyais que si elle était rentrée chez elle, c'était justement pour que Mme Holland remarque sa présence et ne lui envoie pas les flics.

– Faut que je prenne des trucs. Toi, fais le guet !

Vêtue d'une volumineuse veste à capuche, Trina pourrait être un garçon de onze ou douze ans. Elle allume la lumière de sa chambre, se précipite vers un placard et farfouille dans les étagères et les tiroirs, balançant des affaires par terre, derrière elle. Je parcours des yeux la chambre de Trina. Elle est vaste et comprend plusieurs fenêtres, mais on dirait qu'une tornade y est passée. Le sol est jonché d'habits, de sous-vêtements, de chaussures, de bottes, d'oreillers, de livres de classe, d'animaux en peluche. Le joli lit en osier de Trina n'a pas été fait, draps, couvertures et serviettes sont enchevêtrés. À l'odeur douceâtre de l'herbe se mêle une odeur plus forte de linge sale et de vieilles baskets. Les murs sont presque intégralement tapissés de posters et de photos de groupes de rock punaisés les uns sur les autres. Sur le mur, au-dessus du bureau de Trina, des Polaroïd de Crow sur sa Harley-Davidson, portant son blouson de cuir noir et des lunettes noires, ses cheveux hérissés plus longs que je ne les ai jamais vus. Il a des mitaines noires. Sur l'une des photos, Trina, en jean taille basse et mini-débardeur rouge, a la tête dans le coude de Crow, et un bras passé sur son épaule.

Trina suit mon regard.

– Oh mince ! Ce mec est tellement, tellement sexy.

Trina a fourré quelques affaires dans les poches de sa veste – un pull, des culottes, des chaussettes. Et ce qui ressemble à un sachet de plastique bleu au contenu incertain.

Je ne demande pas ce que c'est. Si Trina veut me le dire, elle me le dira.

En redescendant, je vois le fond du séjour où, à la fenêtre, clignotent les ampoules bleues et blanches du grand sapin de Noël. La décoration de Noël de la maison des Holland pourrait figurer dans un magazine. Des branches de conifères sur le manteau de la cheminée, des étoiles de Noël en pots aux pétales flétris par la chaleur, d'autres guirlandes lumineuses, des miroirs à cadre doré. Au milieu de ça, comme si elle flottait dans un rêve, la mère de Trina entre en vacillant, son portable dans une main et un verre de vin dans l'autre.

– Dis bonjour à ma maman, Jenna, dit Trina d'une voix vive et moqueuse.

Mme Holland s'est figée. Elle nous regarde en clignant des yeux, à croire qu'elle ne voit pas bien.

Je marmonne un bonjour tandis que Trina me pousse en avant d'un coup de coude en ajoutant, du même ton vif et moqueur :

– Maman, c'est mon amie Jenna.

– Jenna. Eh bien, bonjour...

Mme Holland me scrute, comme si mon visage était censé lui être familier mais qu'elle ne parvenait pas à s'en souvenir. Sa façon d'osciller verticalement me rappelle un cobra que j'ai vu à la télé. Quelque chose, dans son visage plat, en forme d'as de pique, évoque la tête de ce serpent. Elle a de petits yeux rapprochés. Des sourcils épilés très fins. Son visage est joli, mais elle a les traits tirés, les yeux bouffis, et ses cheveux font l'effet d'une perruque. Le plus choquant, c'est que la ceinture de son kimono s'est desserrée et laisse entrevoir un bourrelet de graisse sur la taille et un sein tombant et livide comme un mollusque.

Trina me dit quelque chose à l'oreille – téméraire, maintenant que sa mère est tout près.

– Le ventre de la bête... tu saisis ?

Elle s'esquive, avec l'audace d'une gamine partant à toutes jambes, nous laissant face à face, sa mère et moi.

Mme Holland me regarde avec désapprobation. Me demande comment je m'appelle. Où je vis. Si je suis dans la classe de Trina. Je bredouille des réponses, m'efforçant de sourire poliment et de ne pas paraître trop mal à l'aise – comme je le suis quand Trina me fait ce genre de blague avec un mec, et qu'elle me pousse pratiquement sur lui, avant de s'esquiver en lançant, entre deux gloussements, un truc du genre : « Voici Jenna, elle veut te sucer. » Sauf qu'on ne jurerait pas qu'elle ait dit ça, et que mieux vaut faire mine de n'avoir rien entendu.

(Je ne peux pas en vouloir à Trina. Elle fait ça à tous les gens qu'elle aime bien. Même à certains des mecs. Quand Trina vous taquine, soyez-en sûr, c'est qu'elle vous aime bien.)

Mme Holland ne prête guère attention à mes réponses. Elle déblatère au sujet de Dieu sait quoi, d'une voix blessée de petite fille. Je comprends que Trina se soit éclipsée. Cinq minutes passées à écouter Mme Holland, c'est le mal de tête garanti. Elle se plaint de Trina, j'imagine, ou d'une personne supposée « s'occuper du buffet » de la soirée qu'elle doit donner, et qui l'aurait lâchée à la dernière minute :

– Elle savait que cette parente allait mourir, il y a des mois qu'elle agonise. C'est sa responsabilité professionnelle, de remplir ses obligations vis-à-vis des clients. Et mes sentiments à moi, ils ne comptent pas ?

Mme Holland a oublié qu'elle était en conversation sur son portable. Quand il s'en échappe une petite voix perçante, elle sursaute, lâche le téléphone et tente de le rattraper sans y parvenir. Il tombe bruyamment à terre et se brise en trois morceaux. Dieu sait comment, le verre de vin lui glisse lui aussi des mains et se fracasse sur le sol.

– Oh oh oh ! Oh, non ! s'écrie Mme Holland.

Son beau kimono en soie est éclaboussé de vin rouge. De méchants morceaux de verre scintillent sur le marbre. J'ignore où est passée Trina, quelque part dans le séjour... Ce qui est sûr, c'est qu'elle n'est pas pressée de savoir pourquoi sa mère a crié, ou de quelle nature est l'incident.

Je dis à Mme Holland que ce n'est pas grave. Que je vais m'occuper du verre cassé.

Mme Holland s'appuie lourdement sur moi, sanglotant comme une gamine qui pique une crise, tandis que je l'aide à gagner l'un des fauteuils du vestibule. Son haleine a l'odeur de l'essence à briquet. Je me baisse pour ramasser les morceaux du téléphone portable – désormais cent pour cent silencieux – et un maximum de débris de verre. À l'aide d'une serviette en papier, j'éponge le vin répandu. Mme Holland n'a pas l'air de s'en soucier : elle me regarde d'un œil soupçonneux et me demande soudain :

– Qui êtes-vous ? Est-ce que je vous connais ?

– Je... je suis Jenna. Une camarade de lycée de Trina.

– Mais je ne vous connais pas, pas vrai ? Qu'est-ce que vous faites chez moi ?

C'est flippant. J'aimerais que Trina revienne.

Je ne sais que répondre à ça. *Trina m'a amenée ici ? Eh bien, je n'en sais pas plus que vous, madame Holland.*

– Trina ? crie Mme Holland. Trina, où es-tu ? Triiiiiiina !

Elle est tellement soûle qu'on ne saurait dire si elle est furieuse, triste, désespérée – ou si elle est juste dégoûtée et cherche à se défouler sur moi.

– Où est ma fille ? Pourquoi ma fille n'est-elle jamais là ? Après tout ce que j'ai fait pour cette enfant, pourquoi est-ce qu'elle ne m'aime pas alors que moi, je l'aime tellement ?

Mme Holland me serre la main si fort que je suis contrainte de desserrer ses doigts pour me dégager, en m'efforçant de ne pas paniquer.

– Eh, maman, du calme !

Trina pénètre tranquillement dans le vestibule, sa capuche rabattue de manière à cacher la moitié de son visage. Elle porte son sac à dos, qui paraît lourd et bien rempli.

– Faut qu'on y aille. Bonsoir !

– Mais... Trina ! Vous n'avez pas de devoirs, l'une et l'autre ?

Trina s'éloigne en m'entraînant. Et, d'une voix forte et monocorde, comme si elle s'adressait à une handicapée mentale :

– Je t'ai expliqué, maman. Le papa de Jenna est un génie de l'informatique, il a un nouvel ordinateur super-performant, et nous laisse nous en servir pour nos recherches. Comme, par exemple, pour mon cours de sciences de la terre. Alors...

Nous sommes devant la porte d'entrée. Trina l'ouvre, me pousse dehors, dans l'air glacial, qui frappe mon visage comme un mur. Au début, la peau me brûle. Et puis le froid finit par me faire du bien, après la chaleur de serre de la maison de Mme Holland. Derrière nous, la mère de Trina nous crie de revenir, d'une voix geignarde. Trina a-t-elle oublié qu'elle était privée de sortie cette semaine ?

Trina claque la porte. Elle rit, donc j'imagine que tout va bien. Mais une fois l'allée menant à la maison à moitié parcourue, elle se tourne vers moi, l'air furieux :

– Qu'est-ce qui t'a pris de faire ça ? C'est pas ta mère.

Pas ta mère. Ces mots me blessent. Je suis contente que Trina ne s'en rende pas compte.

Dans la rue enneigée, j'ai l'impression que nous attendons quelqu'un. De la buée sort de nos bouches. Trina dit, sa colère retombée :

– Tu vois, ma louloute, j'ai la marchandise.

Il y a plusieurs bouteilles dans son sac à dos. Elle en sort une : Rhum Portoricain de la Baie des Perroquets. Trina dévisse le bouchon, boit une longue gorgée, s'essuie la bouche avec la manche comme le ferait un mec et me passe la bouteille. Le liquide est si fort qu'il se répand telle une flamme, dans ma bouche, ma gorge, ma poitrine. Je réprime une quinte de toux quand T-Man reparaît dans son 4 × 4 noir avec ses éclairs rouges sur les côtés. Il dérape et freine, pour que Trina et moi puissions monter.

C'est ce soir-là que Trina dit :

– Eh les gars, vous savez quoi ? Vous pourriez me rendre un supergrand service.

Les gars demandent lequel, et Trina répond :

– En tuant ma mère. En mettant fin aux souffrances de ce monstre.

– Quoi ? font les gars, comme s'ils n'étaient pas sûrs d'avoir bien entendu.

Et Trina, en rigolant :

– Je blaguais, les mecs !

Trina est mon amie. Je ne me sens jamais seule, désormais.

24

– Jenna ! Descends, ma chérie !

Maman m'appelle, elle est en bas de l'escalier. C'est le soir de Noël !

Bizarre que je sois tellement engourdie. Mes paupières, comme collées, m'empêchent d'ouvrir les yeux. La voix de maman paraît lointaine. Quand j'essaie de lui répondre et de dévaler l'escalier, je me prends les jambes dans quelque chose : draps, couvertures ?

Le soir de Noël ! Des jours et des jours qu'on décore le sapin, maman et moi. Toutes ces jolies décorations – que j'ai, pour certaines, confectionnées moi-même au cours d'arts plastiques. La semaine dernière, maman m'a laissé choisir le sapin à la pépinière, une variété appelée « pin de Douglas ». Les épines ont un parfum si merveilleux, frais comme l'air de la forêt. Sous l'arbre, il y a nos cadeaux. Les cadeaux de Noël, je les aime encore plus que les cadeaux d'anniversaire, parce qu'il y en a tellement et qu'ils sont si beaux, dans leurs paquets enveloppés de papier brillant. Comme le sapin de Noël, qui clignote et scintille avec ses décorations en verre, ses guirlandes argentées, ses ampoules rouges et vertes. Et, au sommet de l'arbre, l'ange blanc et duveteux.

Je suis fascinée par tous les cadeaux où on a marqué JENNA, comme je l'étais, enfant, par les devinettes de mes livres d'images. Il y a des cadeaux de « Papa & Maman », et parmi eux une grande boîte carrée qui fait du bruit quand je la secoue – impossible de deviner ce qu'elle contient, et maman refuse de me donner le moindre indice. Il y a des tas de cadeaux de « Mamie », de « tante Caroline & oncle Dwight », et d'autres membres de la famille… Mon cadeau pour maman paraît tout petit, à peine plus grand qu'un étui à cravate. Le vendeur l'a emballé dans du papier argent, et j'ai inscrit moi-même, à l'encre rouge : « POUR MAMAN, DE LA PART DE JENNA. » C'est un châle violet parsemé d'étoiles dorées. Papa m'a emmenée faire les courses, mais c'est avec mon propre argent que j'ai acheté le cadeau de maman. (Maman m'a aidée à acheter notre cadeau pour papa, un pull tricoté main fabriqué en Écosse. Tout ce qui a de bonnes chances de plaire à papa coûte très cher.) Le vendeur m'a montré tellement de beaux châles que j'ai eu du mal à faire mon choix. J'ai demandé à papa de m'aider, mais il parlait sur son portable et ne voulait pas être interrompu. Comme si papa avait à se concentrer sur des choses plus importantes qu'acheter à maman son cadeau de Noël !

– Jenna ? (La voix est de plus en plus basse.)

La voix de maman s'est éloignée, et je ne peux ni ouvrir les yeux, ni bouger les jambes. Une envie de hurler *Aide-moi, maman ! Maman, ne me quitte pas !* mais les mots restent bloqués à l'intérieur.

25

– Jenna ? Nous t'attendons, ma chérie...

C'est le soir de Noël, mais pas la même année. Ce n'est pas maman, mais tante Caroline qui m'appelle, du bas de l'escalier. D'une voix enthousiaste, pleine d'espoir. Je ne suis pas prisonnière d'un rêve. Je suis réveillée, et je déteste ça.

Je ne peux pas. Je ne veux pas. Je ne suis pas votre fille.

– « BIG Z » que ça s'appelle, ou « BZ ». Il n'y a pas plus cool, mais n'essaie pas de l'avaler entier... tu risquerais de *mourir étouffée*. Moi, dit Trina, je le coupe en quatre avec un couteau, des ciseaux ou un truc dans le genre.

Je les ai vus, un peu plus tôt, du haut de l'escalier. La maison embaume le sapin. Becky et Mikey sont si excités qu'ils ne tiennent pas en place. Oncle Dwight était là, à activer le feu de cheminée avec un tisonnier. Tante Caroline aussi, à tendre à Mikey les premiers cadeaux à déballer, parmi une montagne de paquets.

Les McCarty sont si heureux sans moi, ça saute aux yeux.

Je suis une fille maigrichonne et renfrognée vêtue d'un jean rapiécé, d'un vieux tee-shirt du lycée de Tarrytown et d'un pull noir. Mes cheveux bizarres et frisottés – que j'ai en horreur – je les ai plaqués en arrière, pour les raidir le plus possible. La dernière fois que j'ai regardé dans un miroir, les cicatrices se voyaient encore. Comme une immense toile d'araignée étendue sur mon visage...

Jenna ? Sois gentille avec eux, ils t'aiment à ma place.

C'est ce que dirait maman. Je le sais.

Dans ma chambre, sur mon bureau, il y a une photo que j'adore. Maman qui sourit, toute jolie. Sur d'autres clichés, je suis avec maman, à différents âges. Mais je ne me regarde pas, seule maman m'intéresse. Il m'arrive d'entendre sa voix aussi clairement que si elle était avec moi dans ma chambre. Quand je cours – ou que j'essaie de courir – j'entends souvent sa voix. Parfois aussi, je ne suis pas sûre de ce que j'entends.

... ils t'aiment à ma place, Jenna. Ne les en empêche pas, je t'en prie.

Sauf que je ne suis pas certaine de vouloir être aimée. On finit toujours par en souffrir.

C'est mon premier Noël sans maman. Le premier Noël *après l'accident*. Couchée sur mon lit je me sens... *waouhhhh...* comme on se sentirait dans une voiture qui a défoncé une rambarde et qu'on est là, à se balancer au-dessus d'un fleuve profond et rugissant. *Waouhhh...* Comme ces gars, avec leur air neuneu et complètement sonné, quand Trina leur a demandé de tuer sa maman pour elle, mais elle blaguait, rien de plus.

Il fallait bien connaître Trina, pour savoir qu'elle blaguait.

Il fallait être très proche de Trina pour savoir qu'elle blaguait – comme moi, je le suis.

Tante Caroline m'appelle, veut que je descende fêter Noël avec eux. Si j'étais capable de me lever et d'aller jusqu'à la porte, je l'ouvrirais et je crierais : *Je descends dans une minute, ne m'attendez pas !* Mais impossible d'atteindre la porte, c'est trop dur.

Waouhhh, c'est une chouette sensation : celle de flotter, de tomber... Je suis allongée sur le lit, jambes et bras écartés. J'ai cassé en quatre, avec la pointe de mes ciseaux, le gros comprimé jaune que Jax – un copain de Trina – m'a donné gratos.

Je déteste être éveillée. Franchement éveillée. Ça fait mal. Quand j'ai essayé de parler à Trina de maman – et de lui dire à quel point c'était merveilleux, *dans le bleu*, où rien ne m'empêchait d'être avec maman –, Trina est devenue toute excitée, m'a posé des questions sur le Demerol, et a voulu savoir si je connaissais quelqu'un susceptible de m'en fournir, parmi le personnel de l'hôpital ou du centre de rééducation.

– C'est mieux que l'OxyContin, a dit Trina. À ce qu'il paraît, le Demerol, il n'y a pas mieux pour planer.

À présent, c'est oncle Dwight qui m'appelle, du bas des escaliers.

Puis Becky :

– Jen-na ! Tu viens, Jenna !

Je suis censée jouer les grandes sœurs pour Becky, j'imagine. C'est trop d'efforts.

Mes petits cousins attendent Noël depuis des mois, me semble-t-il. J'essaie de penser : *Ce sont de gentils petits enfants, je les aime.* Mais cette pensée s'évanouit, mon esprit ne peut se fixer très longtemps sur la même chose.

J'ai pris les quatre morceaux du comprimé avant le dîner. Et, plus tôt dans la journée, trois ou quatre Tylenol fortement dosés, avec du Coca light.

Je déteste me sentir ballonnée mais, au moins, je n'ai pas faim.

En fin d'après-midi, alors que j'étais dans la cuisine, à aider tante Caroline à préparer le repas de Noël, le téléphone a sonné. C'est papa qui appelait, je suis sortie en courant, refusant de lui parler, alors tante Caroline a dû le faire à ma place, puis oncle Dwight. Papa voulait savoir si ses cadeaux étaient arrivés, et pourquoi je ne le rappelais jamais.

Quand mon portable sonne et que CALIFORNIE s'affiche sur l'écran, je ne décroche jamais.

Une grande carte de Noël est arrivée, envoyée par papa. Sur le devant, une photo sur papier brillant de la sublime maison de style espagnol et de la nouvelle famille souriant aux anges, sous le soleil et parmi la bougainvillée rouge vif – le tout paraissant aussi factice que sur un plateau de ciné. À l'intérieur, *Bisous de Deirdre, de Porter et de papa.* Je ne suis pas sûre de l'avoir vraiment regardée. Me glissant des mains, la carte est tombée sur le sol. Plus tard, j'ai surpris les paroles de tante Caroline, s'adressant à oncle Dwight :

– Comment Steve peut-il être dur à ce point-là ?

– C'est Steve Abbott, a répondu mon oncle.

Comme on dirait : « Ben, un scorpion, ça pique ! »

Noël, fête de la famille. Je suis censée ouvrir mes cadeaux. Les regarder ouvrir les leurs. Je vais prétendre que j'ai mal au ventre. (Ce qui est vrai. Et, pour me rendre encore plus malade, je sais comment m'y prendre.)

Trina n'a pas téléphoné depuis six jours. Depuis le soir où elle m'a amenée chez elle. Elle avait dit qu'on se verrait pendant les vacances, que des mecs faisaient une soirée du côté du lac. Mais elle ne m'a jamais appelée et ne répond pas aux messages que je lui envoie sur son portable. C'est par Kiki Weaver que j'ai appris qu'elle était à Saint-Barth, aux Caraïbes (!), où sa famille passe tous les Noëls, et qu'elle ne serait de retour qu'après le 1er janvier.

Il m'arrive de détester Trina. On ne peut pas lui faire confiance. Ses paroles, c'est du vent.

N'empêche qu'elle me manque. Je lui ai acheté un top Banana Republic cool et sexy, d'un bleu nuit scintillant, et des jambières en laine angora, le genre que portent les danseuses.

La voix de tante Caroline semble soudain plus proche. Sans doute m'appelle-t-elle sur mon palier.

– Jenna ?

Je ne veux pas que tante Caroline entre dans ma chambre.

– Tout va bien, tante Caroline, je m'empresse de rétorquer. Je serai en bas dans une...

Mais ma voix n'est pas assez forte, mes mots s'épuisent comme un ballon qui se vide de son air.

Pourquoi n'ouvrent-ils pas leurs cadeaux sans moi ? Au fond, personne n'a besoin de moi.

À dire vrai, j'ai acheté des cadeaux de Noël. Des cadeaux pour ma nouvelle famille : tante Caroline, oncle Dwight, Becky et Mikey. (Je n'ai pas pris de cadeau pour mon père. Je n'ouvrirai pas ceux qu'il m'a envoyés.) J'ai croisé mon reflet au centre commercial, me suis vue dans les vitrines et les miroirs des magasins, errant comme un fantôme. Occupée à acheter des choses que personne ne veut, dont personne n'a besoin. Dans ma chambre, j'emballe des cadeaux pour que des gens, ensuite, en déchirent l'emballage.

J'ai toujours mes cadeaux pour Trina. Cachés dans un tiroir de la commode.

Crow me manque. Je ne l'ai pas vu depuis longtemps, si ce n'est de loin.

Crow a été sympa avec moi, j'imagine. Plus qu'on ne s'y attendrait de la part d'un mec. Enfin, de la plupart des mecs. Surtout s'il s'agit de *bikers*. C'est moi qui me suis montrée grossière et qui ai agi bizarrement. J'ai tellement honte ! Je ne contrôle pas mes émotions, on dirait. *J'aime Crow* : c'est si absurde, si inavouable.

– Alors, Jenna, est-ce que tu...

Tante Caroline est entrée dans ma chambre. Si elle a frappé, je n'ai pas entendu.

Je suis sur mon lit, où je suis tombée (me semble-t-il) de très haut. Jambes et bras écartés. Je sais pas si je flotte ou si je m'enfonce comme le plomb. Je m'efforce de dire « Je vais bien, laissez-moi tranquille », mais j'ai la voix rauque et apathique comme si j'avais la langue enflée, et ma tante se penche sur moi, s'assied au pied de mon lit, me passe la main sur le front et à cet instant, je pense : *C'est maman. Je suis redevenue une petite fille qui reste au lit parce qu'elle a de la fièvre. Maman est ici, à côté de moi.* Pendant ce bref instant, je me sens en sécurité, j'ai tellement chaud au cœur.

Crétine que je suis ! Ce n'est pas ma maman, c'est ma tante.

Peut-être était-ce une erreur de prendre tous les Big Z. Peut-être aurais-je dû attendre.

Ohhhh, cette impression de sombrer que j'ai dans la tête ! Et non de flotter comme *dans le bleu*. C'est flippant, en un sens. Voir mon oncle et ma tante me fixer. Vouloir dire quelque chose pour m'expliquer, mais ne même pas savoir ce que je voudrais dire...

Je ferme les yeux pour qu'ils disparaissent. Un autre moment (plus tard, je crois) : il y a toujours quelqu'un près de mon lit, qui demande d'une voix inquiète si j'ai pris quoi que ce soit. De la drogue ? Et j'essaie d'expliquer que je veux simplement dormir et que je ne suis pas malade. Quelqu'un dit que c'est le soir de Noël, qu'il n'est même pas neuf heures, que je ne me couche pas si tôt d'habitude, que je dois avoir un problème. Je tente de repousser leurs mains, de les prier, encore et encore, de me laisser tranquille, de me laisser dormir… Mais j'ai la langue trop engourdie, et ma tante dit :

– Tu n'as pas de fièvre, Jenna. Mais tu as la peau moite, et froide, et tu es tellement maigre ! Je n'avais pas réalisé que…

Je tente de les repousser, de repousser leurs mains, la voix de l'homme est pressante, me demande si j'ai pris quelque chose, si j'ai pris de la drogue, et quoi, au juste ? Réponds-moi, Jenna, je t'en prie. Mais je flotte à présent. Je flotte et je tombe. Ils sont hors de portée de mes mains qui cherchent à les repousser, je ne peux pas leur crier de me laisser tranquille. Ils me supplient de me redresser, de me réveiller, quelqu'un me donne des claques, Jenna, Jenna ? Mais impossible de me réveiller, leurs voix sont faibles et distantes, comme des voix sorties d'un portable tombé par terre, on m'oblige Dieu sait comment à me lever, mais je n'ai plus de jambes, plus de jambes du tout, j'en rirais (c'est tellement bête) sauf que je n'en ai pas la force, quelqu'un me balance de l'eau froide au visage, mais mon visage est comme anesthésié, je ne sens pas mon visage, je ne peux pas ouvrir les yeux, quelqu'un essaie de me passer un bras par une manche – une manche de manteau, on dirait –, les voix sont fortes, angoissées et intrusives alors que je n'ai qu'une envie : dormir. Ils finissent par s'en aller, ou du moins je cesse de les entendre, tandis que je sombre/tombe/flotte dans un espace vide et ténébreux semblable à une chambre noire dénuée de fenêtres, où l'on devine qu'il doit y avoir des meubles et tout le reste, et qu'il doit y avoir des murs, un plafond et un sol sauf qu'on ne les voit pas – car, à l'intérieur de cette pièce, on est aveugle.

26

Je les déteste. Je ne leur pardonnerai jamais. Paniquer comme si je venais de leur faire une overdose. Comme si j'avais tenté de me suicider. Tu parles d'une manière de se tuer : avec un seul comprimé ! Je suis tellement mortifiée, tout le monde va savoir que ma soi-disant famille a appelé Police Secours pour qu'une ambulance vienne me chercher sur un brancard et qu'on m'amène aux urgences pour me faire un lavage d'estomac !!!

Du moins c'est ce qui a dû se passer. C'est pas comme si j'avais été là.

III

Le Nouvel An

1

À peine revenue de Saint-Barth, Trina m'appelle.

– Salut ma louloute. On m'a raconté.

Son souffle dans mon oreille. Pour un peu, je le sentirais.

– Tu as fait un mauvais trip, c'est ça ? Mais ça va, maintenant ?

Je réponds que oui. Que ça va on ne peut mieux.

J'attends que Trina propose qu'on se voie, qu'on traîne ensemble. Je peux dire à ma tante que je vais à la bibliothèque de Yarrow Lake, dans le centre-ville, je peux marcher. Trina m'a tellement manqué.

– ... tu comprends, ma louloute, je t'avais dit de couper le comprimé en quatre, pas vrai ? Personne n'aurait idée de le prendre en une seule fois.

Je dis à Trina que je suis désolée, qu'il y a dû y avoir un malentendu.

– Le malentendu vient pas de moi, en tout cas.

Trina se tait. Je l'entends respirer. J'ai la main crispée sur mon portable, je la sens devenir moite.

D'un ton nonchalant, Trina demande :

– … ne l'as dit à personne, hein, ma louloute ? Qui t'avait donné le Big Z ?

– Non, bien sûr que non, Trina.

Je m'empresse de répondre, blessée que Trina puisse me poser une telle question. Elle s'en rend compte.

– Je le sais, ma louloute. Je sais que tu aurais jamais fait ça, t'es mon amie la plus proche. Je t'appelle demain, ma louloute. On pourra peut-être se voir.

Après que Trina a raccroché, ma main reste crispée autour du portable – à croire qu'il faudra me casser les doigts pour que je le lâche.

2

Parle-moi de toi, Jenna.

Parle-moi de tes sentiments.

De tes pensées. De tes peurs. De tes rêves.

Elle sourit. Pour ça, elle sourit ! C'est comme la ligne d'une canne à pêche : si par faiblesse je lui rends son sourire, l'hameçon s'enfoncera en moi, et le docteur Freer me remontera, tel un gros poisson qui se tortille dans tous les sens.

J'ai peur d'elle. Cette femme. Peur du dégoût que m'inspirent sa peau tannée, son rouge à lèvres brun rose, son pull bleu marine à côtes et col roulé, son pantalon de flanelle grise. Je déteste l'alliance en or qu'elle porte à la main gauche – qu'est-ce qu'on en a à battre ! Je déteste ses fichus anneaux d'oreilles. Je déteste les diplômes encadrés accrochés au mur, au-dessus de la bibliothèque, pour se faire mousser. Je déteste son visage charnu, qui se tord en un sourire, pas la peine. *Je ne te rends pas ton sourire, n'est-ce pas ? Ohé !*

Ça me fait peur, d'éprouver un tel dégoût ! Je sais que c'est mal, et que c'est bête.

Lors de ma première séance avec le docteur Freer, j'ai refusé de parler. La deuxième n'a duré que vingt minutes. C'est la troisième, et ça va un peu mieux. Je ne suis plus aussi en colère. Mon cœur ne bat plus aussi fort. Tant que je peux m'enfoncer les ongles à l'intérieur du bras, là où la peau est toute douce, ça me permet de me concentrer sur autre chose.

Raconte-moi tes secrets, Jenna ! C'est mon métier.

Dans l'annuaire de Yarrow Lake, le docteur Freer a un petit encadré rien que pour elle :

Freer, Meghan T., docteur diplômée
de l'université du New Hampshire
Psychologue pour adolescents et jeunes adultes
Conseil familial

Faire croire qu'on a tout compris à la vie. Orner son bureau de photos montrant des scènes de famille : la psychologue/maman avec ses enfants et son mari, en train de skier/naviguer/se promener, pour bien faire saisir le message à ses patients : NORMALE.

NORMALE peut instruire. NORMALE peut montrer la voie.

C'est bientôt le mois de février. Je suis retournée au lycée il y a trois semaines. Tous les vendredis après les cours, ma tante me conduit au cabinet du docteur Freer, dans le centre-ville. De quatre heures à quatre heures cinquante. En principe pour une heure – en fait cinquante minutes.

Le docteur Freer a rencontré mon oncle et ma tante, et connaît toute l'histoire.

Du moins ce qu'ils en savent.

Si je vois le docteur Freer, c'est à cause du soir de Noël. De mon « overdose » ! Qui m'a assommée au lieu de me faire passer un Noël planant. Combien de fois je vais devoir expliquer que non, *je n'ai pas tenté de me suicider* ?

C'était juste une erreur. Une erreur stupide. Trina et ses copains ont dû bien se moquer de moi. Prendre quatre fois la dose que j'étais censée prendre ! Je ne sais pas ce qui m'a traversé la tête. Je n'ai pas les idées claires. Après mon lavage d'estomac, on m'a dit que le comprimé était de la Thorazine, un psychotrope utilisé dans le traitement des psychotiques à comportement violent, et que j'en avais pris une dose assez puissante pour calmer un homme de cent kilos.

Qui m'a donné ça ? ils m'ont demandé. J'ai dit que je ne connaissais pas son nom, un type au centre commercial. Un type plus âgé que moi. Je ne l'avais jamais vu auparavant et ne le reverrai certainement jamais.

Tante Caroline et oncle Dwight étaient sous le choc ! Si tristes, et sûrement déçus par mon attitude. Pourquoi avoir fait une chose pareille, pourquoi avoir risqué le pire, pourquoi le soir de Noël, pourquoi alors qu'ils m'aimaient tant... Oh, Jenna, *pourquoi* ?

J'ai honte, sans savoir de quoi.

C'était une regrettable erreur, pas une « tentative de

suicide », sérieusement ! J'aimerais que mon oncle et ma tante me croient. C'est comme si maman ne me croyait pas.

Je ne suis pas « suicidaire ». Je ne suis pas « déprimée ».

Je ne suis pas « droguée », c'était juste pour essayer.

Cette séance avec le docteur Freer sera peut-être la dernière, qui sait ?

Si j'arrive à lui prouver que je suis NORMALE. Comme elle.

– ... un peu gênée, à vrai dire.

– Gênée ? Comment ça, Jenna ?

– Parce que, au lycée, les gens sont au courant. Enfin, certains. Il me semble que mes profs savent. Ça me gêne, que les gens pensent que j'ai essayé... que j'ai essayé de me faire du mal... Mais c'était un accident. Rien de plus bête qu'un accident.

– Rien de plus bête qu'un accident ? Tu veux bien m'en parler un petit peu ?

Non ! Non, je ne peux pas.

– ... le contraire de, je sais pas, moi, une décision consciente. D'un acte conscient. Quand c'est un accident, aux autres ça peut donner l'impression que c'est vous, alors qu'en fait ça vous ressemble pas du tout. Que c'est juste...

– Une overdose accidentelle d'un produit potentiellement mortel, dans une situation comme la tienne, le soir de Noël... Tu suggères que ça ne te ressemble pas du tout. C'est bien ça que tu suggères, ma grande ?

Ma grande. C'est pour mieux m'enfoncer l'hameçon dans la bouche, pour pouvoir me ramener à la surface. Mon visage se ferme, mon regard devient glacial, histoire que le docteur Freer saisisse le message.

Après mon lavage d'estomac, on m'a posé des questions sur la drogue au lycée. Pouvait-on s'en procurer facilement à Yarrow Lake ? Que consommaient les gens de mon âge ? Une inspectrice de police, même, qui avait fait mine de compatir.

Comme si j'allais balancer mes potes !

– Parle-moi, Jenna. À quoi associes-tu les mots *accident*, *accidentel* ?

Le docteur Freer a une manière de se pencher, d'entremêler ses longs doigts bronzés, de me fixer de son effrayant regard bleu pâle... Une manière de fouiner qui m'effraie. Je m'apprête à capituler.

Non ! Je ne peux pas !

Je ne peux pas parler de ça avec vous. Ou avec qui que ce soit.

Il y a un truc qui me plaît, dans le cabinet de la psychologue : elle a des plantes retombantes à ses fenêtres, à feuilles hérissées de pointes et à minuscules fleurs blanches et, sur les murs, des photos format poster d'un lac (le lac Yarrow ?) avec des voiliers et, en arrière-plan, des montagnes bien plus hautes que les montagnes Blanches, aux pentes raides et enneigées, aux pics d'un blanc éblouissant. Le ciel est tellement bleu sur ces photos. C'est comme des fenêtres par lesquelles regarder, pour m'échapper *dans le bleu*, au lieu d'être prisonnière de ce bureau où l'on me dissèque comme un malheureux insecte.

Trina dit qu'on ne doit jamais leur dire ce qu'on ressent, mais ce qu'ils veulent que nous ressentions. C'est ça, être NORMAL : ressentir ce que les adultes veulent que vous ressentiez.

Le docteur Freer me demande si j'ai des « amis proches » au lycée, question qu'elle m'a déjà posée. Pour être NORMAL, il faut avoir des amis proches. Je donne une réponse floue. Oui. Non. Peut-être. J'ignore ce que tante Caroline a raconté au docteur Freer au sujet de Trina.

Trina est mon amie. L'amie en qui je ne peux avoir confiance.

J'aime Trina.

Le docteur Freer me demande si j'ai gardé des contacts avec mes amis de Tarrytown. Je marmonne un « oui », alors qu'en fait je ne réponds jamais à leurs mails ou à leurs messages – au point qu'ils n'essaient presque plus de me joindre, c'est trop de boulot.

Je déteste que les gens me plaignent. Est-ce que je me plains de mon sort, moi ?

Le docteur Freer continue à me chercher, à m'asticoter. À présent, voilà qu'elle me pose des questions sur mes profs, mes cours, mes notes. Quelle barbe !

– Jenna ? Je ne t'entends pas. Tu peux parler plus clairement ? Et me regarder, ma grande ? Je te remercie.

On se croirait au jardin d'enfants. Comme si j'étais perturbée au dernier degré...

Je dis au docteur Freer ce qu'elle a envie d'entendre : j'aime bien mes profs, j'aime bien mes cours, mes notes du premier trimestre ont été meilleures que ce que je redoutais. (Au moins, j'ai la moyenne dans toutes les matières. Je sais, j'ai déçu les McCarty. Tante Caroline pense que maman serait très déçue, si elle était là.) Je m'entends dire au docteur Freer que je songe à rallier l'équipe de rédaction du journal du lycée, que je vais peut-être tenter de me faire admettre dans la chorale des filles. Et dans l'équipe d'athlétisme aussi, si je parviens à améliorer mes temps.

Le docteur Freer réagit à ces bonnes nouvelles par un sourire radieux. Pour impressionner un adulte, rien de tel que lui parler de vos « activités » scolaires.

– Tu faisais partie de l'équipe de course de ton ancien lycée, pas vrai ?

Vous le savez bien, docteur. Vous l'avez, mon dossier.

Le docteur Freer m'interroge sur ma santé physique. Mes blessures sont-elles guéries ? Est-ce que je souffre de migraines ? Les gens ayant subi des commotions sont souvent sujets aux maux de tête, qui peuvent les conduire à s'« autoprescrire » des médicaments non autorisés...

Dans le bleu, on peut tomber, et tomber. Je fixe le ciel d'émail bleu, sur l'un des posters – qui représente peut-être les montagnes Rocheuses. À des milliers de kilomètres d'ici.

Le docteur Freer ne cesse d'en revenir aux médicaments. Soudain je réalise : et si elle enregistrait les séances ? Qui sait s'il n'y a pas de caméra de surveillance au plafond ! Une psychologue travaillant avec les adolescents de Yarrow Lake ne ferait-elle pas, pour les flics locaux, une bonne informatrice ?

Puis les questions du docteur Freer s'orientent sur les garçons.

Elle se racle la gorge, comme pour suggérer que le sujet n'est pas tant « les garçons » que « le sexe ».

C'est pas vos oignons ! Mes secrets, je les raconte pas aux inconnus, fouineurs qui plus est !

Malgré son sourire hameçon, le regard du docteur Freer trahit son malaise.

Sur une étagère, un objet sphérique, qui a tout l'air d'un presse-papiers. Son verre contient une montagne miniature constituée d'un minéral scintillant et, au-dessus, un ciel bleu qui, sublimé par le verre, paraît resplendir. C'est si beau... *Dans le bleu* dans une boule de verre.

Les psychologues sont obligés de poser des questions sur le sexe, évidemment. Comme s'il n'y avait que ça au monde, quoi qu'on puisse en dire.

Tu parles que je vais lui avouer, au docteur Freer, que je fréquente pas de garçons (sauf quand je suis avec Trina et ses copains) ! Que je suis amoureuse d'un garçon qui s'appelle Gabriel Saint-Croix, qui ne sait pas que j'existe sauf quand il a pitié de moi.

Les invalides et les losers. Crow a un faible pour eux.

Maman me posait, elle aussi, des questions sur les garçons. Je lui disais des tas de choses, mais je lui en cachais bien davantage. Je pense pas qu'on puisse dire qu'elle fouinait. Elle voulait juste que je sois entourée et que j'aie des amis – mais pas trop entourée, et pas le mauvais genre d'amis.

Je me demande ce que maman penserait de Crow ! Elle n'en reviendrait pas.

Vers la fin de la séance, le docteur Freer s'enquiert de mes « rêves », de mes « souvenirs ». C'est évident, elle veut m'interroger au sujet de maman. De ce qui s'est passé sur le pont de Tappan Zee. Elle sait, elle veut juste l'entendre de ma bouche. Quelle que soit ma réponse, je ne la regarde pas : ma voix est un murmure plein de ressentiment.

Ma maman me manque, c'est clair ? Genre chaque minute, chaque heure, chaque jour... Mais c'est pas si terrible que ça, je tiens le coup.

Puis elle passe à mon père. Je lui dis que ma relation avec lui est au point mort.

– Non, Jenna, votre relation n'est pas au point mort. Il faut que tu saches que ton père contribue à payer tes séances ici. On te l'a dit, n'est-ce pas ?

Non. On ne m'en a rien dit.

– Explique-moi pourquoi tu ressens une telle hostilité vis-à-vis de ton père ? Y compris à l'idée qu'il puisse payer une partie de ta thérapie ? Tu ne penses pas que c'est naturel, pour un père, de vouloir ainsi se rendre utile ?

Je suis debout, et demande au docteur Freer si je peux utiliser les toilettes.

Je l'ai déjà fait. Pas besoin qu'elle me dise où elles sont.

Aux toilettes, j'examine la peau pâle et délicate, à

l'intérieur du coude, marquée de traces rouges là où j'ai enfoncé les ongles. Certaines des éraflures, plus petites, sont en train de cicatriser. Quant aux nouvelles, elles saignent légèrement. À ma grande surprise, j'éprouve une douleur lancinante. Dans le cabinet du docteur, mon bras était aussi insensible que le reste de ma personne.

Dis-moi ce que tu ressens, Jenna.

Je souris à mon reflet dans le miroir. Il y a une lumière rosée, afin que les patients puissent voir leur visage sous un moins mauvais jour. J'aime que mon bras me fasse mal ! Bizarrement, les minuscules petites entailles me procurent une sorte de soulagement.

Personne ne voit. Personne ne sait. C'est pas la mort. Je ramène mes manches sur mes poignets, telle une junkie.

Et alors, ça arrive ! Un truc de fou !

Quand je reviens des toilettes, le docteur Freer cherche un livre dans sa bibliothèque, en me tournant le dos. Rapidement, sans un bruit, mes doigts se crispent sur le presse-papiers qui a juste la bonne taille pour tenir dans ma main. Un peu plus lourd que je ne l'aurais cru – mais le voilà déjà dans mon sac à dos, sur le sol, à côté de la chaise où j'étais assise.

Je vois d'ici le sourire de Trina, impressionnée. *Ce que t'es cool, ma louloute.*

Je le suis, on dirait. J'apprends.

J'aimerais que le docteur Freer pige que je ne l'aime pas. Mais alors vraiment pas. Je n'écoute même pas ce qu'elle dit. Ce sourire bidon, qui découvre ses gencives.

Ses anneaux d'oreilles, ridicules. Elle est trop vieille. Et ce rouge à lèvres brun rose et baveux, c'est pas vraiment glamour. Maman en portait quelquefois. À elle, ça lui allait plutôt bien.

Le docteur Freer a un livre à me prêter.

– Si tu l'aimes, Jenna, tu pourras bien sûr le garder.

Frankie Addams de Carson McCullers. J'ai lu ce roman, c'était l'un des préférés de maman. Rougissante et bredouillante, je dis au docteur Freer que je l'ai déjà lu, que c'est sans doute un beau roman, mais tellement triste, et le docteur Freer pose la main sur mon bras et me raconte qu'elle a découvert *Frankie Addams* à l'âge de douze ans et l'a relu de nombreuses fois depuis.

– C'est un roman sur la perte, ce que c'est de grandir avec la perte, de grandir au-delà de la perte.

Une fois debout, le docteur Freer n'est pas aussi grande que moi. Comme maman, la dernière année. Ça me met mal à l'aise, de dépasser des femmes adultes. Du coup, je leur en veux, je ne sais pas pourquoi.

À chaque fin de séance, le docteur Freer me raccompagne à la porte. Me serre la main, sourit. Montre ses gencives à force de sourire. De près, sa peau n'est pas si tannée que ça – sans doute a-t-elle simplement pris le soleil. Ses yeux sont d'un bleu si étonnant.

Cette façon qu'a le docteur Freer de me parler, de me poser comme ça la main sur le bras... Soudain, ça me frappe comme un jet d'eau glacée : *elle veut que je l'aime bien* ! Cette pensée m'effraie. Autant qu'entendre les sanglots étouffés provenant de la chambre de tante Caroline, un après-midi, en sachant que c'est ma faute, qu'elle pleure à cause de moi.

Je ne voulais pas vous faire de mal. Je suis un scorpion, c'est tout. Vous vous attendiez à quoi ?

3

Pourquoi j'ai pris le presse-papiers du docteur Freer, je n'en sais rien.

Parce qu'il est tellement beau, peut-être. Pour punir le docteur Freer, peut-être. Ou pour me punir moi-même, qui sait ?

Il ne faut pas que tante Caroline le voie. Je vais devoir le cacher dans ma chambre.

Si maman savait, elle serait effondrée. La personne que je suis devenue, maman n'aurait pas envie de la connaître.

Jenna, ça ne te ressemble pas. Jenna, qu'est-ce qui t'arrive ?

Même à Trina, je ne le montrerai pas. Peux pas lui faire confiance, elle me provoquerait devant les autres. Elle aurait envie de voir le presse-papiers, de le prendre dans sa main.

Dans ma chambre, la nuit, quand je n'arrive pas à dormir, je fixe la boule de verre avec la montagne à l'intérieur. Je l'ai placée sur mon bureau près d'une lampe qui la fait briller. La mini-montagne est faite d'un minéral bleu gris, le ciel est en verre bombé bleu foncé. Quand on secoue le presse-papiers, des « flocons de neige » flottent au-dessus de tout, comme dans un rêve.

Je me demande s'il vaut cher. Si le docteur Freer se rendra compte qu'il a disparu, et réalisera que c'est moi qui l'ai volé.

Ce que j'ai honte ! C'est la première chose que je vole à quelqu'un que je connais. La première qui ait de la valeur. (Les OxyContin d'oncle Dwight ne comptent pas, il ignorait qu'il lui en restait.) Je ne sais pas pourquoi je l'ai pris, ni ce que je vais en faire.

4

J'ai tapé « suicide » sur Internet et mince ! Il y a un million de références ! J'ai cliqué sur un forum de jeunes chrétiens, et suis tombée sur le *post* suivant :

En Amérique, par ces temps troublés,
un jeune âgé de 14 à 26 ans se suicide
toutes les treize minutes.

Il y a un groupe de discussion. On peut y inscrire sa réaction. Je tape :

C'est le pays du bleu
Sans toi : tel est ce lieu
VOILÀ POURQUOI

5

En mars, voici ce qui se passe.

Ça ne ressemble à rien de ce que j'aurais pu imaginer. Sérieux.

Je dois retrouver ma tante une heure plus tard, dans son salon de thé préféré, en centre-ville. Je me trouve dans un quartier commerçant, sur la South Main Street. À examiner la vitrine de la boutique Saint-Croix, ébéniste spécialiste du meuble de rangement. Je ne vois pas grand-chose, à part des meubles. À peine distingue-t-on une faible lueur au fond du magasin, qui paraît fermé.

C'est un vendredi, après la fin des cours. Je suis censée être dans le cabinet du docteur Freer. La semaine dernière, j'ai annulé mon rendez-vous. Cette semaine, je n'y suis tout simplement pas allée.

J'ai attendu dans l'entrée de l'immeuble que la voiture de tante Caroline se soit éloignée. Et je suis ressortie en courant.

Peux pas. Veux pas. Personne ne peut m'y forcer.

Cet air pur et frais. Qui pénètre mes poumons,

m'éclaircit les idées, un genre de trip sain. Je suis excitée et hors d'haleine, j'ai couru presque un kilomètre. C'est un après-midi d'hiver clair et ensoleillé, quelques jours après une grosse chute de neige. Les rues et les trottoirs ont été dégagés, mais il reste des congères et des tas de neige, aveuglants à la lumière du soleil. Comme si le monde était censé être blanc. D'un blanc éblouissant. D'une main, je me protège les yeux et scrute l'intérieur de la boutique, située entre une cordonnerie et une quincaillerie avec une grande banderole FERMETURE DÉFINITIVE TOUT À MOITIÉ PRIX.

Dans la vitrine, une belle table sculptée aux pieds courbes, et une armoire vitrée d'un joli bois moiré. Si j'avais le courage, je pousserais la porte et entrerais dans la boutique. Je ferais semblant d'être une cliente. Je pourrais prétendre que ma tante possède un meuble ancien à réparer ou à restaurer.

Je pourrais dire : « Je suis une amie de Crow ! »

À vrai dire, je n'ai plus discuté avec lui depuis le deuxième jour de classe. Et me suis efforcée de ne pas le chercher des yeux. Une fois, à la bibliothèque du lycée, pendant une heure d'étude, je contournais un rayonnage quand je l'ai aperçu, assis devant un ordinateur comme n'importe quel autre mec, fixant l'écran en fronçant les sourcils. Ses cheveux noirs étaient hérissés comme des piquants et il portait un tee-shirt à manches longues et un blouson de cuir clouté de « V » renversés, un jean taché et des bottes de *biker*. Il y avait une fille avec lui qui mâchait du chewing-gum. Elle s'appelle Flax, ou un truc dans le genre, et c'est l'une des rivales détestées de Trina. Elle colle sa cuisse contre le bras de Crow, passe une main sous son tee-shirt. Il repousse sa main et garde son attention fixée sur l'ordinateur, presque comme si elle n'était pas là.

Je me suis sauvée avant que Crow n'ait levé les yeux. Non qu'il se soucie de moi le moins du monde.

J'aimerais bien.

Qu'est-ce que j'aimerais bien ? Je n'en sais rien. J'ai l'impression qu'on secoue du verre brisé à l'intérieur de mon cerveau. Je ne suis même pas capable de penser au docteur Freer, qui m'attend, et chez qui je ne suis pas allée, pour la deuxième semaine d'affilée ; elle va appeler ma tante, s'inquiéter, se demander où je suis, où est passée la fille qui a fait une overdose de Thorazine le soir de Noël, la voleuse qui lui a chipé son beau presse-papiers quand elle avait le dos tourné.

J'ai tenté d'expliquer à mon oncle et à ma tante que je ne voulais plus retourner chez le docteur Freer. Mais ça les a contrariés, ils croyaient – m'ont-ils dit – que mon état s'améliorait. Et puis, je leur avais promis, non ?

C'est possible. Peut-être.

Jenna, ça ne te ressemble pas. Jenna, qu'est-ce qui t'arrive ?

Je leur ai juré, après mon lavage d'estomac, de ne plus me droguer – jamais au grand jamais. Depuis que les cours ont repris en janvier et que j'ai recommencé à traîner avec Trina et ses amis, je n'ai pas vraiment tenu cette promesse.

Plus question de faire les mêmes erreurs idiotes. De

me retrouver à nouveau aux urgences, avec un tuyau plongé dans la gorge, comme un boa constrictor, pour aspirer le contenu de mon estomac – jamais au grand jamais.

Je me souviens de quand je me suis rendue, à vélo, là où vit la famille de Crow à Deer Isle Road. J'y repense surtout quand je me sens seule. Je n'y suis pas retournée depuis, mais je me rappelle la ferme délabrée, au bout de l'allée défoncée. Et, dans le pré devant la maison, la jument grise tachetée et le bouc au long poil noir m'envoyant ses « bêêêê » à la figure. Ce paysage vallonné que les gens comme Ryan Moeller appellent le « territoire des mobile-homes », de la « racaille des mobile-homes ».

On dirait qu'il n'y a personne, chez Saint-Croix, ébéniste spécialiste du meuble de rangement. Quelques piétons passent derrière moi, sur le trottoir, mais aucun ne s'arrête. Parfois un reflet surgit au-dessus de moi, dans la vitrine, mais ce n'est personne, ce n'est rien. Je songe : *c'est pas le ciné ou la télé, c'est juste cette vie rasoir, où rien n'arrive jamais.*

J'ai à moitié franchi le pâté d'immeubles en direction du salon de thé, quand je vois un homme s'avancer sur le trottoir verglacé, dans un fauteuil roulant motorisé qui semble lui causer des soucis. C'est un homme d'âge mur, balèze, à la barbe broussailleuse et aux cheveux noirs striés de blanc rares sur le haut du crâne, mais tout de même attachés en une maigre queue-de-cheval. C'est tellement bizarre – ces gars à moitié chauves qui se font des queues-de-cheval – qu'ils n'aient pas une femme ou des gosses pour leur dire que question look, c'est pas top. L'homme au fauteuil roulant porte un anorak souillé et un pantalon de travail. Il exhale de la buée et fulmine à propos de Dieu sait quoi. Le fauteuil roulant zigzague et dérape. L'homme pousse des jurons dans une langue étrangère. Si j'hésite à lui demander s'il a besoin d'un coup de main, ce n'est pas seulement parce qu'il est rouge de colère, mais parce qu'il faut toujours faire preuve de tact, avec les handicapés, pour ne pas les blesser.

L'homme à la queue-de-cheval me fusille du regard. Comme s'il comprenait que je me tâte, pour savoir si je dois l'aider, au risque de le rendre encore plus furieux.

– Ce fichu machin me lâche tout le temps... C'est coincé ou quoi ? Qu'est-ce qui coince, au juste ? Il y a un truc qui s'est pris dans la roue ?

Il y a un gros morceau de glace pris dans les rayons de la roue arrière gauche. Je fais en sorte de le retirer, alors que l'homme à la queue-de-cheval enrage et vitupère en anglais, avec un fort accent étranger.

– *Merci, mademoiselle !* Vous êtes une *très belle jeune fille, très capable*[1].

Il tend, pour me serrer la pince, une main gantée d'une mitaine semblable à celles des *bikers*. Il rit, dévoilant des dents gâtées et exhalant une forte odeur de whisky.

Le fauteuil roulant n'en continue pas moins à déraper

1. Mots en italique en français dans le texte. Idem pour toutes les paroles de Crew, de son père et de Claudette signalées par de l'italique (N. D. T.).

sur les nappes verglacées. Je propose à l'homme de le pousser le long du trottoir. Alors qu'il était fumasse quelques instants plus tôt, le voici qui devient aimable, voire chaleureux. Qui me demande d'où je viens, moi qui n'ai pas l'accent du New Hampshire.

– Je... je ne suis pas d'ici. J'y habite, c'est tout.

– Pas d'ici. Elle y habite... *Moi aussi !*

L'homme à la queue-de-cheval s'esclaffe, comme si j'avais dit quelque chose de drôle. Je remarque que, malgré sa peau rêche et rougeaude et la queue-de-cheval qui pendouille sur son dos musclé, c'est un bel homme, habitué à ce que les femmes lui prêtent attention.

Ce n'est pas facile à pousser, un fauteuil roulant ! Au bout d'un demi-pâté d'immeubles, je commence à avoir mal aux bras.

– Nous y voici, *mademoiselle. Merci beaucoup*, vous êtes si aimable.

L'entrée de Saint-Croix, ébéniste spécialiste du meuble de rangement.

Le père de Crow, l'homme à la queue-de-cheval ? Faut croire que oui.

Roland Saint-Croix ! Forcément.

Et voilà qu'apparaît Crow en personne, traversant la rue dans notre direction. Crow, en blouson de cuir, jean et bottes de *biker*. Tête nue, les cheveux ébouriffés par le vent. Sur ses épaules, un petit enfant emmitouflé dans une combinaison polaire, à qui la balade tressautante fait pousser des cris de joie. À la vue de mon expression, Crow éclate de rire.

– Jenna, n'est-ce pas ? Salut.

Je suis affreusement gênée. Je sens mon visage s'empourprer et parviens tout juste à bafouiller un « salut ».

Il sait. Il sait sûrement. Pourquoi je suis venue.

L'homme à la queue-de-cheval dit, d'une voix aimable :

– Vous connaissez mon fils Gabriel ? Vous êtes dans le même lycée, non ?

Percevant mon malaise, Crow réplique aussitôt :

– Jenna n'est pas dans ma classe, papa. Elle est plus jeune.

Ce à quoi l'autre rétorque, avec un clin d'œil à mon adresse :

– Mais bien sûr qu'elle est plus jeune. Et jolie, je le vois bien.

Crow me présente à son père, Roland Saint-Croix, ainsi qu'au « petit Roland » qui m'ignore, braillant et agitant bras et jambes tandis qu'on le fait passer dans les bras musclés de M. Saint-Croix. C'est un bel enfant, visiblement gâté. Je n'ai jamais entendu de tels hurlements. Des passants, sur le trottoir, nous jettent des coups d'œil déconcertés. (Pensent-ils que nous faisons tous partie d'une même et bruyante famille ?) Le petit Roland a les cheveux d'une belle teinte caramel, non pas noir corbeau, et la peau plus claire que Crow et M. Saint-Croix. Pourtant il y a, chez ces trois-là, un air de famille presque comique : même yeux enfoncés, nez un peu long, menton saillant.

– Tu t'en occupes, papa ? Amène-le à l'intérieur, il fait

froid ici, dit Crow – avec dans la voix une nuance d'exaspération.

Crow et son père échangent des remarques en français. Je n'arrive pas à suivre. Crow rit et rougit. M. Saint-Croix ricane, me désignant du regard. Il a dû faire une remarque douteuse, j'imagine. Roland Saint-Croix est en fauteuil roulant, et pourtant c'est le père de ce gamin ? C'est ça, la blague ?

– Viens, Jenna, dit Crow. Entre quelques minutes te réchauffer. Viens voir comment Saint-Croix *père et fils* gagnent leur vie.

Père et fils. J'aime la façon qu'a Crow de prononcer ces mots. La fierté dans sa voix.

J'essaie d'expliquer que j'ai rendez-vous avec ma tante. Or voilà que je me retrouve dans la boutique avec les Saint-Croix. Au-dessus de la porte d'entrée, une clochette retentit. Après la vive lumière du soleil et de la neige, je me cogne à tout. Crow me prend par le bras pour me guider.

– C'est... comment on dit, déjà... un labyrinthe. On pourrait s'y perdre.

Il y en a des choses ! L'intérieur de la boutique de M. Saint-Croix est presque aussi encombré que la vitrine. Partout, tables, chaises et commodes, parfois entassées. Un passage juste assez large pour le fauteuil roulant permet d'accéder à l'arrière du magasin, où une radio diffuse de la variété française. Ici, un sol dégagé, des établis, un immense bureau avec plein de fouillis dessus, un fauteuil élimé, une plaque électrique et une cafetière et, disséminés çà et là, des tapis très sales. Par terre, les jouets du petit Roland. Une forte odeur de café, de vernis, et de produit à polir. Crow m'entraîne plus loin pour me montrer une table de salle à manger qu'il est en train de restaurer.

– D'abord, j'ai retiré le vieux vernis collant, ensuite j'ai poncé le bois – du merisier, tu as vu comme c'est beau ? Pour finir, je vais appliquer une teinte. D'après papa, cette table doit dater de 1870. Les propriétaires ne l'ont pas bien entretenue. Tu vois, là où c'est gravé, les creux sont tout encrassés. Les gens ne réalisent pas ce qu'ils ont sous le nez.

M. Saint-Croix – qui a rudement manœuvré son fauteuil roulant jusqu'à son bureau, où il dégage de la place pour y poser le petit Roland – lance, d'une voix pleine de mépris :

– Les Américains, pas tous mais la plupart... pardonnez-moi, mademoiselle, mais ce sont des *cochons* !

Cochons. Je n'ai encore jamais entendu ce mot mais, Dieu sait comment, je sais ce qu'il signifie.

– Des porcs ?

M. Saint-Croix est aux anges. Crow éclate de rire. Alors comme ça, Jenna comprend un peu le français.

Cette visite ! Chez Crow et son père ! C'est comme les rêves les plus merveilleux dont, après coup, on ne retrouve que des fragments.

Crow me fait faire le tour du magasin, comme si c'était l'endroit le plus fascinant du monde. (Et dans un sens, ça l'est. Il n'y a rien que je ne dévore des yeux.) Crow m'explique en quoi consiste le métier de son père, ce que lui-même a appris de celui-ci, ce qui lui reste encore à apprendre. C'est bizarre d'entendre quelqu'un parler ainsi de son père. Encore plus bizarre de constater qu'on peut toucher, de ses mains, le travail d'un adulte. (Je ne sais même pas exactement ce que fait mon père. De l'argent ?) On sent, dans la voix de Crow, un mélange de fierté et d'exaspération. À la façon dont il regarde son père, qui hurle et s'esclaffe au téléphone, je vois que Crow l'aime mais que...

– Merci d'avoir été gentille avec papa, Jenna. C'est un vrai rebelle, non ?

– Il a l'air très...

– Comme je te l'ai dit, il a fait la guerre du Vietnam. Il est revenu avec des médailles, qu'il a balancées. Il refuse de parler de ça. Même avec moi. Le plus souvent, il n'est pas facile à vivre. Il t'a à la bonne. Avec toi, il montre son bon côté.

En dévorant un beignet à la confiture, le petit Roland en a mis partout, M. Saint-Croix ne s'étant pas donné la peine de le surveiller. Crow va essuyer le visage de l'enfant avec un mouchoir mouillé. Ça fait tout drôle de voir un mec comme Crow, avec ses airs de *biker* – c'en est un – si patient avec un petit enfant. Si tendre. À croire que Crow vient d'un autre monde, non de l'univers petit-bourgeois que je connais. À Tarrytown, il détonerait. Quand il sourit, on remarque qu'il n'a pas les dents aussi blanches et régulières qu'on pourrait l'imaginer.

Je me dis que Crow aime son petit frère (son demi-frère ?). Je voudrais lui confier que j'ai moi aussi un demi-frère. Je n'ai rencontré Porter qu'une seule fois. Je ne le connais pas, je ne l'aime pas.

Comme s'il lisait dans mes pensées, Crow me questionne sur mon père. Je lui réponds que mon père est un homme d'affaires – qui a bien réussi, j'imagine. Qu'il est remarié et vit en Californie dans une luxueuse nouvelle maison. Que nous ne nous voyons pas beaucoup.

– Pourquoi ?

– Il nous a quittées.

– Par « nous », tu veux dire ta mère et toi ?

Pourquoi me poser pareilles questions ? Ça me donne envie de pleurer.

– Tu ne devrais pas couper les ponts avec ton père, Jenna. C'est ton père.

– Mais... je ne l'aime pas.

À cause de la façon dont j'ai dit ça, nous éclatons de rire, Crow et moi. Ça paraît si comique, pour une raison ou pour une autre.

– Que tu l'aimes ou pas, il reste ton père. Ça ne change rien.

Crow observe M. Saint-Croix tandis que celui-ci farfouille dans ses papiers, sur le bureau, à la recherche de... de quoi ? D'un reste de cigare à moitié fumé. Bien que le petit Roland joue tout à côté, le père de Crow n'hésite pas à l'allumer.

– Ma mère, c'est pas mieux. La dernière fois qu'on a entendu parler d'elle, il y a quelques années de ça, c'est quand elle nous a envoyé une caisse d'agrumes – des pamplemousses, des oranges, des citrons – pour Noël. Et juste une carte avec écrit « Joyeux Noël ! », dit Crow avec un rire triste.

Soudain retentit la clochette au-dessus de la porte, et quelqu'un entre d'un pas vif. Pas une cliente, à la voir s'avancer vers nous dans un claquement de talons. Une fille splendide, en bottes à talons aiguilles, veste en faux léopard, pantalon en cuir brillant archimoulant. Son visage joufflu est très maquillé et ses cheveux blond roux retombent en boucles onduleuses. Bruyante et braillarde, elle salue M. Saint-Croix et le petit Roland, se baissant pour embrasser la joue couperosée de l'homme et prendre dans ses bras l'enfant qui pousse de hauts cris. Ses ongles sont aussi étourdissants que ses talons : longs d'au moins deux centimètres, manucurés, couleur givre. Le petit Roland s'exclame « maman ! » et la fille gazouille, frotte son nez contre lui, le gronde. Elle finit par remarquer Crow, à l'autre bout de la pièce, et moi à côté de lui. Reste un bon moment à nous fixer sans dire un mot.

Crow s'apprête à faire les présentations, mais la fille s'adresse à lui d'un ton sec et railleur, comme si je n'étais pas là :

– *Eh, Gabriel, c'est qui ça ? Cette fille qui te regarde avec adoration ?*

– *Qu'est-ce que ça peut te faire ?* marmonne Crow.

Impossible de savoir si Crow est furieux, blessé ou gêné, tant son visage est impassible. Constatant qu'elle est parvenue à le troubler, la fille en veste léopard nous tourne le dos et se met à bécoter le petit Roland qui a enfoui dans sa chevelure un petit poing taché de confiture.

Je me dis que la belle fille doit être la grande sœur de Crow. Apparemment, le petit Roland est à elle. Je me souviens, à présent, que Trina m'a raconté que la sœur de Crow avait ramené un bébé à la maison, et que Crow entretenait toute la famille.

– Claudette ? J'y vais ! lance Crow.

Sans un coup d'œil par-dessus son épaule, la fille répond :

– Ouais ? Ben vas-y !

M. Saint-Croix crie quelque chose à Crow en anglais, avec un accent si prononcé qu'on croirait qu'il parle français. Ce qui se passe dans cette famille, les émotions qui animent ses membres, personne d'étranger à la famille ne peut le comprendre. Claudette et M. Saint-Croix bavardent en français et ont une manière de rire qui me met mal à l'aise. Sont-ils en train de parler de moi ? Si c'est le cas, c'est pour agacer Crow, qui a la mine renfrognée et le visage empourpré. Une fumée bleuâtre flotte autour de M. Saint-Croix, ce qui n'a pas l'air de gêner Claudette. Elle-même s'allume une cigarette et exhale un nuage de fumée, en dépit de la présence du petit Roland, accroché à ses pieds.

– Viens, Jenna, dit Crow. Je te ramène.

Il est dix-sept heures passées. Tante Caroline doit être en train de m'attendre au salon de thé. Peut-être a-t-elle déjà compris que j'avais séché ma séance avec le docteur Freer. Sinon, je suppose qu'il va falloir le lui dire.

Dans un moment d'exaltation, je m'imagine que c'est sur la Harley-Davidson rugissante de Crow que je vais, dans l'air froid et venteux, parcourir la rue principale de Yarrow Lake. Mais au lieu de ça, voici, garée derrière le magasin, une camionnette cabossée, avec SAINT-CROIX, ÉBÉNISTE SPÉCIALISTE DU MEUBLE DE RANGEMENT peint en rouge sur les côtés. Je dois me hisser jusqu'à la cabine, celle-ci étant très haut perchée. À l'intérieur, il gèle et ça sent le vieux cigare et le vernis. Le siège passager est déchiré, et le pare-brise légèrement fissuré. C'est si étrange, et si merveilleux, d'être ainsi seule avec Crow, comme un couple. Dans l'air froid, nos souffles se changent en buée.

Des torchons tachés, des tasses en plastique, des canettes de bière vides et des mégots de cigare jonchent le sol de la cabine. Ça me donne envie de rire, c'est une vraie décharge ambulante.

Crow me demande où je vais. Je le lui dis : le salon de thé de Mount Street. Je suis si heureuse d'être là, dans cette camionnette, avec son bruit de ferraille et sa puanteur, que je voudrais que ce trajet dure toujours. Je suis trop timide pour regarder Crow autrement que du coin de l'œil. Mais je vois ses mains crispées sur le volant : ses grosses articulations, ses longs doigts, ses ongles noirs de crasse. Je le sens tout près de moi. Je songe : *si seulement Trina me voyait !* Ma meilleure amie ne me le pardonnerait jamais.

J'aimerais pouvoir appeler Crow par son vrai prénom : Gabriel. Celui qu'utilise sa famille.

Après l'irruption de Claudette dans la boutique, le comportement de Crow a changé. Il est nerveux, irrité. Pas à cause de moi. Je suppose que c'est sa sœur qui l'a déprimé en étant si grossière avec nous. Son père, qui avait bu, ou le petit Roland (son neveu ?). Ou peut-être songe-t-il à sa mère qui s'en est allée. (Quand ? Pourquoi ?) Un de ces jours, je voudrais questionner Crow à son sujet.

Si nous nous revoyons. Si nous nous retrouvons à nouveau seuls.

Crow me jette un regard oblique. Comme pour guetter mes réactions.

– C'est quelque chose, hein, cette camionnette ? T'as pas l'habitude de ça ?

– Elle est... très haute.

– Ouais, on voit les autres conducteurs de haut. Enfin, certains d'entre eux. Parce qu'en général, c'est plutôt toi que les gens regardent de haut, quand tu conduis une camionnette.

Je ne sais pas trop comment interpréter ça. De près, je distingue des cicatrices sur le visage de Crow. Je me rappelle qu'il m'a dit avoir eu lui aussi un accident (au moins). Je me demande si, en conduisant, il pense au danger. S'il y a quelque chose d'effrayant et d'excitant à conduire après avoir subi un accident, et y avoir survécu.

Il conduit bien, c'est certain. La camionnette a un levier de vitesses, que Crow manipule avec autorité. L'année prochaine, je prendrai des cours de conduite au lycée. De toute façon, c'est obligatoire. On ne vous apprend à conduire que les véhicules automatiques, cela dit. La pensée d'être au volant m'excite et me donne la nausée.

Dans une voiture, on peut perdre le contrôle. Le poids de la voiture vous projette alors en avant, sans que vous n'y puissiez rien.

– Il y a un bail que je t'ai pas vue, Jenna, dit Crow. À ce qu'on m'a raconté, tu as presque fait une overdose, à Noël.

Quel choc ! Je ne sais pas quoi rétorquer.

Je m'entends bredouiller que c'était une erreur idiote...

– L'erreur, c'est de fréquenter Trina Holland.

– Mais Trina est mon...

La camionnette roule péniblement dans la rue principale. Crow est un conducteur agressif, mais pas moyen d'avancer avec une circulation pareille. Ses paroles m'ont étonnée. Déjà, que Crow ait un avis sur les choses qui me concernent...

– Trina c'est... je sais pas, moi... ma meilleure amie. Je croyais que toi et Trina...

Crow éclate de rire. Se passe une main dans les cheveux, ce qui leur donne un air rebelle, et hérissé comme les plumes d'un oiseau sauvage. Ce qui signifie quoi, au juste ? Que Trina et lui ont rompu ? Ou qu'ils n'ont jamais été en couple ? Ou que Crow sait s'y prendre avec Trina, et qu'elle et ses copains ne lui font pas peur ?

Je n'en reviens pas. Moi qui pensais, depuis belle lurette, que Crow serait impressionné de savoir que Trina Holland avait du temps à me consacrer. Que Trina

Holland m'aimait bien ! Et les amis de Trina, la plupart des mecs avec qui elle traîne, ne sont-ils pas aussi des amis de Crow ?

Peut-être y a-t-il eu, entre eux, des choses que j'ignore.

– Trina n'y est pour rien, Crow. C'est ma faute.

Il hausse les épaules comme pour dire : « OK. Crois ce que tu veux ! »

– C'est Jax qui m'a donné le comprimé. Tu sais, Jax Yardman...

– Ouais. C'est ça.

– J'ai fait une erreur. Je me sentais mal. Je voulais passer Noël à dormir, j'imagine. Échapper à ça, rien de plus.

– Pourquoi ?

– Pourquoi... quoi ?

– Pourquoi tu te sentais mal ?

C'est la question que tout le monde cherche à me poser. Tante Caroline, oncle Dwight, le docteur Freer. Mais personne ne me l'a posée de but en blanc, comme Crow.

– Parce que ma mère me manque. Tu es peut-être au courant... Ma mère et moi on a eu un accident en mai dernier. C'est pourquoi je suis ici, à Yarrow Lake. Je vis chez ma tante, à présent.

– On m'en a parlé, ouais. Je suis désolé, Jenna.

Je ne vais pas pleurer, quand même ! Cette façon qu'a Crow de dire « désolé ».

Cette vieille ceinture de sécurité effilochée... Je suis bien contente de l'avoir attachée, et qu'elle me maintienne bien en place. Je sens comme je suis contractée, comme si je résistais à une force qui veut me projeter en avant et me blesser.

Crow me demande ce qui s'est passé et je le lui dis : une collision de plein fouet, sur le pont de Tappan Zee. Ma mère a perdu le contrôle de son véhicule. Elle a fait une embardée, s'est retrouvée sur une autre voie et a embouti un camion. Elle et l'autre conducteur sont morts. Bien que pas mal amochée, j'ai survécu. On a suggéré que le soleil couchant avait ébloui ma mère, qu'elle n'y voyait plus, et que tout s'était passé si vite...

– Le pont de Tappan Zee est tellement long, tu sais ça, Gabriel ? Il fait presque cinq kilomètres. Je n'arrête pas d'en rêver. Le fleuve Hudson est très large à cet endroit. C'est comme un cauchemar, on n'en finit jamais, jamais de le traverser...

Je suis à bout de souffle, les mots jaillissent de ma bouche. Après un silence, je m'entends dire :

– Je crois que c'est moi qui ai provoqué l'accident.

– Comment ?

Crow est si vif, si concret. Il me demande tout de suite *comment* – loin de me juger ou de chercher à me convaincre que je n'y suis sûrement pour rien.

– J'ai braqué le volant. La panique, j'imagine. Il y avait un truc devant nous, sur le pont... Je n'y voyais pas bien, j'avais le soleil dans les yeux...

Je m'interromps. Je n'en reviens pas, d'avoir confié à Crow ce que je n'ai encore confié à personne.

– C'était quoi, Jenna, ce que tu crois avoir vu ?

– Un cerf, peut-être. Ou un chien...

Je m'attends à ce que Crow pose la question que n'importe qui aurait posée : « A-t-on retrouvé quelque chose sur le lieu de l'accident ? Un cerf, un chien ? »

Je m'attends à ce que Crow demande : « En as-tu parlé à qui que ce soit ? As-tu reconnu avoir causé un accident qui a fait deux victimes innocentes ? »

Or Crow se contente de dire, en secouant la tête :

– C'est lourd à porter, de garder toute seule un secret pareil, mince !

Plus tard, je réaliserai que j'ai appelé Crow Gabriel, et que ça m'a paru si naturel que, sur le moment, nous ne l'avons remarqué ni l'un ni l'autre. Du moins, je ne crois pas que Crow l'ait remarqué.

– Par conséquent, tout ce qui arrive à Jenna – toutes ces choses douloureuses qui sont comme une punition, Jenna les mérite !

Crow dit ça comme s'il énonçait un fait. Sans essayer de me persuader du contraire.

Je ne pleure pas, mais j'ai le nez qui coule. Je l'essuie d'un geste de la main, telle une gamine. Crow sort de sa poche un mouchoir en papier chiffonné, et me le tend sans un mot. Sans doute a-t-il l'habitude de moucher le petit Roland.

– Nom de Dieu, Jenna. Je sais ce que c'est. D'être sujet aux accidents.

Il a tourné dans Mount Street, où la circulation est moins dense. Au bout du pâté d'immeubles se trouve le salon de thé Elvira, avec son enseigne qui grince au vent, représentant un bonhomme en pain d'épice. C'est pour moi aussi étrange qu'un rêve, d'être là dans la cabine surélevée d'un véhicule inconnu, à regarder des boutiques et des devantures qui me paraissent transformées.

– Je peux descendre ici, Gabriel. Je te remercie.

Je ne veux pas que tante Caroline me voie avec Crow. Qu'elle me voie sortir de sa camionnette. Ce serait trop long à expliquer.

Crow freine et s'arrête. Se penche vers moi pour ouvrir la portière, qui est lourde et coince un peu. Crow est tellement près, je sens son souffle sur ma peau. La manche de son blouson s'est relevée... J'aperçois la queue du serpent enroulé sur lui-même, juste au-dessus du poignet. Crow et Trina ont bien été proches à un moment : la preuve.

– Fais gaffe, *chérie*. C'est haut, entre le marchepied et le trottoir.

Depuis la rue, je regarde s'éloigner la camionnette. Au bout de quelques secondes, la voilà perdue entre plusieurs camions et camionnettes roulant sur Mount Street. Il m'a appelée *chérie* !

6

11 mars 2005

cher papa,
merci pour les cadeaux de Noël.
désolée si je ne rappelle pas.
ici je n'envoie pas beaucoup de mails, ce n'est pas comme à tarrytown.
mes amis de yarrow lake, ce n'est pas leur truc.
je suis heureuse ici. merci pour ton invitation.
pour le moment je suis prise par mes cours. Une autre fois peut-être.

jenna

(Pour écrire ça, il m'a fallu quarante minutes. J'ai hésité à écrire « Bisous, Jenna ». Dans les cartes et les mails qu'il m'adresse, papa écrit toujours « Bisous, papa ». Ça sonne faux, cela dit. Je déteste ça. Lui écrire « bisous », je ne peux pas m'y résoudre. Plus maintenant.)

7

J'aimerais bien.

Au lycée, je m'efforce de ne pas chercher Crow. De ne pas balayer tous les visages des yeux en espérant voir le sien. De ne pas glandouiller à l'arrière du lycée. De ne pas rôder dans l'aile des terminales, où les secondes n'ont pas leur place.

À ma grande surprise, Trina était au courant ! Quelques heures à peine après que Crow m'a déposée sur Mount Street, mon portable sonne alors que je suis dans ma chambre. Je reconnais la voix sèche et aiguë de Trina.

– Eh, ma louloute, on m'a dit que tu traînais avec Crow.

Je bredouille qu'il m'a déposée quelque part, rien de plus. Trina a éclaté de rire pour montrer que ça lui était égal, qu'elle n'en avait rien à faire que Crow me ramène chez moi. Je lui ai rétorqué que Crow ne m'avait pas ramenée chez moi, mais juste accompagnée d'un point du centre-ville à un autre. Trina a ri encore une fois, et raccroché. Pourtant, le lendemain à la cafétéria, Trina m'enfonce ses ongles dans le poignet et demande :

– Alors, il est où, Crow ? Pourquoi t'es là, t'en as fait quoi ?

À croire qu'elle est en colère et se moque méchamment de moi. Elle me sourit et se penche vers moi, comme pour m'embrasser. Kiki, Dolorès, T-Man, Rust, Roger et Jax se contentent de regarder.

– Trina, Crow m'a juste déposée. Quelques pâtés de maisons plus loin. Il m'a vue qui marchait, il faisait froid et...

– Dans la camionnette de son papa, hein ? Il devait y faire drôlement chaud...

Trina est assise entre T-Man et Dolorès, et il n'y a pas de place pour moi en bout de table. Plantée là, avec mon plateau, je commence à angoisser. (Peut-être Trina me taquine-t-elle ? C'est son genre, à Trina !)

– Ohé, Jenna ! Il y a une place ici.

Rust Haber tire une chaise, pour que je m'assoie à côté de lui. Mais je n'en ai pas envie. C'est un garçon aux traits grossiers, aux épaules et aux bras musclés à force de s'entraîner, et au sourire suffisant. Trina m'a dit que Rust « craquait pour moi », qu'il me trouvait « mignonne ». Or il me regarde d'un air loin d'être amical, plutôt sarcastique. À croire que s'il veut que je m'assoie près de lui – voire que je traîne avec lui – ce n'est que pour pouvoir me tourner en ridicule, après coup.

Il y a aussi Jax Yardman. À lui non plus, je ne fais pas confiance. Et Kiki Weaver, qui sort une chaise pour moi.

– Jenna ? Viens.

Assise à côté de Kiki, j'ai les yeux rivés sur mon assiette. À l'autre bout de la table bruyante, Trina rit. Je n'ose pas lever les yeux vers elle. Kiki est une fille bien charpentée aux longs cheveux couleur fadasse striés de mèches violettes. Chaque fois que je vois Kiki, elle a un nouveau piercing au visage – si bien qu'elle brille comme une pelote d'épingles. Kiki a une grosse poitrine, contrairement à Trina, avec sa taille 34. Se penchant vers moi, elle me glisse :

– Trina t'en veut à mort, mais ça lui passera si tu lui montres que tu es désolée.

– Crow m'a juste déposée dans...

– Bien sûr. Trina le sait.

– ... c'était seulement... il a eu pitié de moi, j'imagine. Il...

Kiki fait un geste, comme pour signaler que c'est l'évidence même, que tout le monde a compris. Pourquoi me donner le mal de me justifier ?

8

Chérie, il m'a appelée. Quand il s'est penché vers moi pour ouvrir la portière de la camionnette. Me rappeler ça me fait tourner la tête. Me donne envie de pleurer, de rire, de hurler. J'aurais voulu embrasser sa bouche, alors si proche de la mienne.

Chérie, il m'a appelée. *Fais gaffe, chérie. C'est haut, entre le marchepied et le trottoir.*

Chérie est un terme affectueux qui signifie également, d'après mon dictionnaire anglais-français, *tendrement aimée*.

Depuis mars, j'assiste au cours de français niveau élémentaire.

Au début on m'a dit que non, on ne pouvait pas m'y admettre. Si j'avais voulu prendre des cours de français, c'était en septembre que j'aurais dû m'inscrire.

– Mais avant, je ne voulais pas apprendre le français, M. Goddard. C'est maintenant que j'en ai envie !

Je crois que j'ai haussé le ton. C'est tellement frustrant !

Pour finir, M. Goddard a dit OK. Tant que l'horaire des cours coïncide avec mes heures d'étude.

– C'est contre le règlement. Tes résultats ne pourront pas être validés.

J'ai répliqué à M. Goddard que les notes, ça m'était égal. Que je voulais juste apprendre le français.

M. Goddard a rajusté ses lunettes sur son nez et m'a regardée comme si j'étais si totalement, si incurablement bizarre que toute communication avec moi était impossible.

– Jenna, ici c'est un lycée public. Que se passerait-il si tout le monde voulait « juste apprendre », sans se soucier de faire valider ses notes ?

La classe est réduite, de toute façon – quatorze étudiants seulement. Mme Laport – « Madame Laport », c'est ainsi qu'on l'appelle – paraît se réjouir de venir me voir occuper un siège de plus, malgré ma bizarrerie. (La plupart des élèves du lycée de Yarrow choisissent espagnol, du moins quand ils prennent une langue étrangère.) Elle me sourit, visiblement intriguée. Je fais mes devoirs et les interros, et semble réellement apprécier les exercices de conversation, auxquels est consacré le dernier quart d'heure du cours. Même si mes notes ne sont pas officielles, j'obtiens en majorité des A.

– Jenna, *vous vous êtes beaucoup appliquée. Pourquoi ?* me demande Mme Laport.

Articulant chaque mot avec soin, tel un bébé qui accomplit ses premiers pas, je réponds :

– *Parce que le français est une langue très belle.*

9

J'ai tellement honte.

Je suis si furieuse.

Abasourdie, aussi. À peine si je suis consciente d'être assise ou debout – je suis assise, je crois. Plus tard, tout me semblera aussi irréel qu'un rêve, où les choses glissent et dérapent sans que l'on puisse reprendre son souffle pour comprendre où l'on est, et pourquoi.

Mon oncle Dwight McCarty me demande pourquoi. Pourquoi j'ai pris le presse-papiers dans le cabinet du docteur Freer.

– C'était pour nous faire du mal, Jenna ? Ou t'en faire à toi-même ?

Impossible de répondre.

Oncle Dwight et moi sommes dans son bureau, au fond de la maison. C'est une grande pièce rectangulaire presque tout en baies vitrées, avec une verrière. Je ne suis jamais entrée seule dans le bureau – et rarement avec quelqu'un d'autre. Je n'y serais pas la bienvenue, tout comme mes petits cousins n'y seraient pas non plus les bienvenus. Ça a un petit côté flippant. Oncle Dwight a refermé la porte.

Je suppose que tante Caroline et lui ont décidé que la prochaine fois que la nièce causerait des soucis, ce serait à lui de me parler en premier. Parce que jusqu'à présent, ça a toujours été tante Caroline. Et maintenant, c'est juste oncle Dwight qui, le visage crispé, s'adresse à moi de son ton calme – comme un homme raisonnable qui *essaie de comprendre* – oh, mince ! –, qui *se tue à essayer de comprendre* comment quelqu'un peut voler quelque chose à la personne qui tente de l'aider... Mais rien à faire, il n'y parvient pas.

– ... Jenna ? Pour nous faire du mal, à ta tante et à moi ? Ou bien...

La pièce à conviction – le presse-papiers de verre avec son étincelante montagne minérale et sa bande de ciel d'un bleu pur – est sur le bureau de mon oncle. Impossible d'en détourner les yeux.

– ... bien dû penser, Jenna, que le docteur Freer s'en rendrait compte, et n'aurait pas de mal à deviner qui l'avait...

Y avais-je pensé ? Ou cela m'était-il égal ?

Pauvre oncle Dwight ! Il transpire et s'essouffle comme un homme qui gravit une pente avec peine, en se demandant où ça le mène. J'aimerais me faire toute petite, telle une graine qui s'envole au premier courant d'air. Plus tôt dans la journée, au lycée, j'étais pourtant contente de moi. Le cours de gym s'est plutôt bien passé (on a fait du basket – je joue pas mal, et Dara Bowen ne manque jamais de nous encourager). Et j'ai eu un B à mon devoir d'histoire (« Le travail des enfants dans la première usine de textile américaine, en 1790 »). Alors rentrer à la maison pour trouver mon oncle avec les sourcils froncés et le visage crispé, et tante Caroline qui se cache pour ne pas me voir, ça me fait un choc. Mes oreilles bourdonnent, c'est la tension artérielle qui me rappelle mon séjour à l'hôpital. Je voudrais pouvoir dire à mon oncle : « Ma tête fonctionne pas bien, j'ai pas les idées claires, ce que je voulais c'était le ciel bleu. »

Au lieu de ça, je m'entends marmonner d'une voix hostile :

– Je ne sais pas. Je ne sais pas pourquoi je l'ai pris !

J'ai le nez qui coule. Je m'essuie d'une main, comme le fait mon petit cousin Mikey, huit ans, au risque de se faire gronder.

– Tu ne sais pas, Jenna ? Qu'est-ce que ça veut dire ?

Ça veut dire ça ! Que je ne sais pas.

Mon malheureux oncle me fixe, l'air déconcerté. Bizarre, comme on ne regarde jamais vraiment les gens – surtout quand ils sont plus âgés et font partie de votre famille. Être l'oncle de quelqu'un, ce doit être drôlement pénible, encore pire que d'être la tante de quelqu'un. *Tu n'es pas véritablement mon oncle*, je songe. *Tante Caroline est ma tante, c'est tout.*

Si j'avais su ce qui m'attendait dans cette maison, je ne serais pas rentrée. Je n'aurais pas eu à leur faire face. J'ai tellement honte, qu'ils aient trouvé le presse-papiers du docteur Freer dans mon bureau ! (Je ne me suis pas donné beaucoup de mal pour le cacher. Tous les soirs, je l'ai sorti pour le prendre dans la main, depuis maintenant plusieurs semaines. Je commençais à croire que le docteur Freer ne se rendrait pas compte de son absence.) Je suis furieuse à la pensée que ma tante entre dans ma chambre et fouille dans mes affaires. Pas juste sur mon bureau, mais dans les tiroirs de mon bureau, et dans mon placard. J'ai un journal intime, dans lequel il m'arrive d'écrire, mais il est toujours dans mon sac à dos, et je ne me sépare jamais de mon sac à dos – elle n'a donc pas pu lire dedans.

J'imagine que maman venait elle aussi, parfois, jeter un coup d'œil dans ma chambre. J'imagine que toutes les mamans le font. Si on tient à ses secrets, il ne faut pas les conserver à l'intérieur de la maison parce que pour finir, c'est leur maison, pas la vôtre.

Et que même si on aime sa mère (ou sa tante), il ne faut pas lui faire confiance !

Évidemment, les McCarty pensent qu'ils ne peuvent pas me faire confiance, désormais. (À raison.) Ils pensent que je suis émotionnellement instable. (Je le suis.) Et que je cache sans doute de la drogue, quelque part dans ma chambre. (J'aimerais bien ! Mais pour ça je suis trop maligne.)

Tout ça pendant que mon oncle raconte que le docteur Freer a appelé ma tante pour lui dire qu'elle me soupçonnait depuis la disparition du presse-papiers juste après ma séance, mais qu'elle avait décidé d'attendre mon rendez-vous suivant, pensant que je le lui rendrais peut-être. Or j'avais annulé la séance et par conséquent...

– Le docteur Freer est déçue, Jenna. Mais elle ne t'en veut pas. Elle a demandé à Caroline de venir chez elle avec toi la prochaine fois, quand tu rapporteras le presse-papiers et que tu expliqueras…

Hein ? Quoi ? Que dit oncle Dwight ?

– … en fait le docteur Freer pense que ton acte peut marquer une grande avancée vu que tu t'es montrée, avant ça, sérieusement renfermée et peu communicative…

Dans mes oreilles, le bourdonnement gagne en puissance. J'ai les bras croisés, les mains crispées sur la taille. *Allez vous faire voir ! Tous autant que vous êtes !* Dans une pièce voisine, la télé est allumée. C'est l'heure des dessins animés de Mikey. Je me demande si, quand je verrai tante Caroline, elle me sourira tristement en attendant que je lui demande pardon. Et si, une fois que je l'aurai fait, elle me prendra dans ses bras et pleurera sur moi…

Laisse-les t'aimer à ma place. Je t'en prie, Jenna.

– Je ne retournerai pas chez le docteur Freer. Personne peut m'y forcer.

– Jenna ! Comment peux-tu…

– J'irai pas ! J'irai pas !

Tout à coup, c'est comme si on était pris dans le même piège. Ou si on était tombés à l'eau ensemble et qu'on agitait les bras dans tous les sens en luttant pour ne pas se noyer. Oncle Dwight me gronde, et je réponds OK très bien si c'est comme ça mettez-moi à la porte, et oncle Dwight rétorque que bien sûr ils ne me mettront pas à la porte. Alors je dis :

– Mais vous ne voulez pas de moi, pas vrai ? Pourquoi vous voudriez de moi ?

– Bien sûr qu'on veut de toi ! rétorque oncle Dwight. Nous t'aimons.

À ces mots, j'éclate de rire. *Nous t'aimons !* Qui, me connaissant, pourrait m'aimer ? Je me suis levée, oncle Dwight aussi, et nous avons tous deux haussé le ton et cette expression sur le visage de mon oncle... Il paraît méfiant, sur ses gardes, et on dirait que je lui fais peur : et si je me mettais à crier ? Je suis impulsive, si émotive, si instable, impossible de me faire confiance. Et voilà que je dis, d'une voix très méchante, imitant Trina parlant à sa mère :

– Tu n'es pas vraiment mon oncle. C'est tante Caroline qui est ma tante, c'est tout.

– C'est ridicule, rétorque-t-il. Bien sûr que si, Jenna. Je suis ton oncle, tu es ma nièce. Je te connais presque depuis ta naissance.

Je n'en reviens pas, qu'oncle Dwight puisse dire une chose pareille, et je réalise qu'il a raison. Cet homme me connaît quasiment depuis que je suis née, même si je ne lui ai jamais accordé une seule pensée et que je ne sais même pas de quelle couleur sont ses yeux ou quel âge il peut bien avoir.

– Je ne veux pas que vous m'aimiez ! Si vous me connaissiez, vous ne m'aimeriez pas ! Je suis une voleuse, et pire encore, tante Caroline et toi, vous n'en avez même pas idée !

Oncle Dwight me fixe du regard... Je ressemble tellement à Trina, tremblante et pleine d'une rage étrange. Maladroite, je me heurte à une chaise que je manque de renverser quand je fais volte-face et me précipite hors de la pièce.

10

J'irai pas !
M'aimez pas... Je vous aime pas.
Le ciel bleu que je voulais.
Alors, renvoyez-moi.
(Où ça ?)

11

C'est le lendemain du jour de mon oncle et du presse-papiers. Le lendemain du jour où ma tante a voulu me parler mais je l'ai évitée et j'ai couru à ma chambre. Le lendemain de la nuit où j'ai décidé que je pouvais pas fuguer parce que je les aimais peut-être, parce qu'ils m'aimaient peut-être. Crow le saurait, d'une manière ou d'une autre. Crow dirait : *Fais gaffe, chérie. C'est haut, entre le marchepied et le trottoir.* J'ai guetté Crow, depuis l'intérieur du lycée. Depuis ma cachette. Même si Crow jetait un coup d'œil dans ma direction quand il quitte seul le bâtiment pour gagner le grillage contre lequel il gare sa moto, même s'il se retournait vers moi, se sentant observé, il ne me verrait pas – car je ne suis pas visible.

J'aimerais bien.

12

Voilà comment ça s'est fini :

Mon oncle et ma tante ont dit OK, que je pouvais envoyer son presse-papiers au docteur Freer par la poste.

Je leur ai dit MERCI.

(Je suis sincère, pas ironique.)

(J'insiste : je suis *vraiment* sincère, pas ironique.)

Dans la cuisine, là où tante Caroline peut me voir faire (si elle le souhaite, je n'ai rien à cacher), j'enveloppe le beau presse-papiers de papier de soie pour qu'il ne se fêle pas. Tante Caroline a sorti d'un placard une boîte à cadeaux et me l'a donnée. À l'intérieur, il y a encore du papier de soie. Je place soigneusement le presse-papiers dans la boîte. Puis je demande à tante Caroline si je peux prendre trois citrons dans le frigo. Bien que surprise, elle dit :

– Eh bien, certainement, Jenna. Je ne comptais pas les utiliser ce soir.

– Merci, tante Caroline. J'apprécie, vraiment.

Entre-temps, Becky et Mikey m'ont rejointe. Si curieux de voir ce que fabrique Jenna !

Les citrons sont jaune vif, juste la bonne taille pour tenir dans ma main. Bizarrement, on ne regarde jamais les citrons. (Sérieusement, qui les regarde ?) Mais ceux-là, je les trouve magnifiques. Crow se demanderait ce que je suis en train de faire, tout comme se le demandent ma tante et mes petits cousins. Mais il ne me jugerait pas, de même qu'il ne juge pas son père.

Grâce à Crow, j'apprends (du moins je commence) que ce n'est pas les gens parfaits qu'on aime, mais les gens qu'on connaît.

J'ai encore du chemin à faire pour aimer mon père, cela dit.

En haut, dans ma chambre, j'ai essayé d'écrire une lettre d'excuses au docteur Freer, mais elle sonnait faux, je l'ai trouvée nulle. Il y a un meilleur moyen, j'ai pensé. Sur l'un des citrons j'écris, au marqueur rouge, « HONTE ». Sur un autre, au marqueur noir, « DÉSOLÉE ». Sur un troisième, au marqueur vert, « NE SAIS PAS POURQUOI / JENNA ».

Je mets les trois citrons dans la boîte. J'ajoute du papier de soie, je referme la boîte, je l'emballe avec du papier argenté (qui nous est resté de Noël, mais ça ne se voit pas, le papier n'est ni déchiré ni chiffonné) et je place le tout dans un carton d'expédition marron, de plus grande taille, que j'adresse au « docteur MEGHAN T. FREER », à son cabinet de Summit Street.

Mes petits cousins sont totalement perplexes. Pourquoi des citrons, pourquoi est-ce que j'envoie des citrons, qui est le docteur Freer ? Tante Caroline secoue la tête.

– Eh bien, Jenna ! Quelle drôle de façon de...

Mais alors, elle se ravise et dit :

– Quelle bonne idée, Jenna ! Merci.

Sur le carton, j'inscris « COURRIER PRIORITAIRE ». Ça coûtera cher, mais je paierai l'envoi de ma poche.

13

En avril, il se passe ça.

Début avril, il y a encore de la neige. Et, sur le lac, des plaques disjointes de verglas bleuté. Trina est de nouveau mon amie – du moins, on dirait. Ça fait mal, sa façon de me pincer le bras pour y laisser un bleu :

– T'es belle, ma louloute.

Sûr que je me suis rongé les sangs. Trina ne m'a pas beaucoup appelée, alors quand elle le fait – un soir que je suis dans ma chambre à faire mes devoirs – et qu'elle m'explique qu'il y a des mecs plus âgés que nous et archi-cool qui aimeraient bien traîner avec nous au bord du lac, dans le pavillon des grands-parents de quelqu'un où ils sont entrés par effraction, que ce sont des mecs « fabuleusement cool » qu'elle a connus par T-Man et que « donc, Jenna, sors de chez toi on passera te prendre dans peut-être dix minutes, ça te va ? », je m'entends aussitôt dire :

– D'accord.

– OK, ma louloute, mais tu sais quoi ? Tu peux apporter quelque chose à la soirée, comme moi je le fais.

Je ne sais pas ce qu'elle entend par là mais, comme elle a raccroché, je ne peux pas le lui demander. Et puis voilà que je ris, je suis tellement excitée, ou bien c'est de la panique... Je pense *Je ne peux pas faire ça, sortir en douce* sauf que je pense aussi *Qui sait ? Crow sera peut-être là... Crow est un mec plus âgé que nous.* Je m'habille vite fait, je me lave la figure et je me tartine de maquillage comme Trina, du fond de teint en tube et du rouge à lèvres prune foncée – le rouge top cool et sexy que porte Trina – qui transforme mon visage que sans cela je n'aime pas, le trouvant quelconque et fadasse. Alors que, maquillée, je crois que je suis pas mal.

– T'es belle, dit Trina.

Son regard perçant, qui signifie qu'elle m'aime de nouveau bien – enfin, plus ou moins.

Je porte un jean, des bottes, un pull à grosses côtes par-dessus mon tee-shirt et mon blouson doudoune à capuche.

Sortir de la maison en douce ! Certes, je me suis déjà sauvée sans dire à personne où j'allais, mais pendant la journée, pas à presque onze heures du soir. Pas la veille d'un jour de classe. Je m'efforce de ne pas rire – je suis tellement nerveuse. Des semaines ont passé depuis l'incident du docteur Freer, mon oncle et ma tante ont recommencé à me faire confiance ou, du moins, se comportent comme si. S'ils ont des doutes, ils me les cachent. Nul ne remarquera mon absence, j'ai éteint la lumière de la chambre et j'ai fermé la porte, personne n'aura idée de frapper – ils penseront que je suis couchée. En plus, je pense que seul oncle Dwight est encore debout, en train de regarder les actualités en bas. Alors que je me dirige vers la porte à l'arrière de la maison, je fais un crochet par la salle à manger où il y a un placard plein de bouteilles de vin, de liqueurs et autres alcools. J'étends le bras jusqu'à la rangée du fond – où je me dis qu'on remarquera moins facilement qu'il manque quelque chose – et mes doigts se referment sur le long col d'une lourde bouteille de vodka Smirnoff.

– Trina, on n'aurait peut-être pas dû...

– Détends-toi. Je vais pas veiller sur toi toute la soirée.

À la soirée, au début, Trina est nerveuse elle aussi. Personne ne nous prête beaucoup attention, pas même T-Man qui traîne avec des mecs de Lebanon. Il y a là Gil Rathke, un grand type musclé de plus de vingt ans, avec une barbiche et la tête rasée. Ross Skaggs, un peu plus âgé peut-être, qui a un rire d'hyène et un trou entre les dents du bas, à croire qu'il lui en manque une. Et un mec que tous appellent Osk (pour Oscar ?). Qu'on connaît, il n'y a que T-Man et Jax Yardman, qui se la jouent à fond et, parmi les filles, seulement Dolorès. Les autres sont plus âgées, dans la vingtaine. Elles ont pour nom Audra, Nancy, Lindy, Marcia, et travaillent... L'une dans un salon de coiffure de la ville, une autre comme assistante dentaire, une troisième à la supérette sur la route 35 – c'est là que, quelques heures plus tôt, les gars l'ont rencontrée et invitée à la soirée au bord du lac. Mais bon, elle a un gamin de deux ans à la maison, et n'arrête pas de vouloir en parler aux gens d'une voix contrite et enivrée, mais la soirée est trop bruyante, la musique est trop bruyante – un groupe de *heavy metal* allemand qui vous fait comme des trous dans la tête – et personne n'a envie d'écouter ce qu'elle dit, pas même moi.

– Eh, la souris, viens danser !

La souris, c'est ainsi que m'appellent les nouveaux mecs. Comme si personne ne savait que je suis Jenna. Trina leur a dit que j'avais dix-sept ans, comme elle. Je parais quand même jeune. La plus jeune de la soirée. Le gars à la tête rasée et au visage qu'on croirait roussi par le feu me demande si je ressemble à une souris de partout, ou si c'est juste la figure. Je rigole trop pour pouvoir parler, Trina répond donc à ma place :

– Ça, c'est à nous de le savoir et à vous de le découvrir, OK ?

Trina danse avec moi. Trina se moque de ma maladresse, j'ai le tournis bien que je n'aie pas fumé d'herbe comme les autres, j'ai seulement bu, une petite gorgée à la fois, car ça m'inquiète un peu d'être si loin de la maison. T-Man a roulé pendant des kilomètres jusqu'au lac, empruntant au lieu de l'itinéraire habituel des petites routes qui mènent à une partie de Yarrow Lake que je ne connais pas – très sombre, et sans beaucoup de maisons alentour. À la lueur de la lune, on distingue le lac qui commence à dégeler en journée. Sur le bord, il reste des plaques coupantes et des couches de givre. À l'endroit où nous nous trouvons, il fait un froid glacial, sauf là où sont les radiateurs électriques allumés, avec leurs résistances d'un rouge ardent. Les gars tentent de faire du feu dans la grande cheminée en pierre, mais il y a trop de déchets à l'intérieur. Le petit bois est humide, les bûches sont humides, il n'y a pas beaucoup de feu – à peine quelques braises – et le conduit doit être bouché si bien que la fumée envahit la pièce et qu'on est contraints d'ouvrir les fenêtres, d'ouvrir les portes, et il y a un bruit de verre brisé, comme si quelqu'un avait perdu patience et cassé une vitre. Trina me tend un autre « zombie-cola ». D'après elle, c'est OK pour nous – au cas où sa mère, mon oncle ou ma tante auraient idée de renifler notre haleine – vu que ça contient surtout de la vodka, et que la vodka sent moins fort que les autres alcools.

– Et si jamais ils s'en rendent compte, tu me laisses en dehors de ça, hein la souris ?

Trina me tord le poignet comme pour me taquiner, sauf que ça fait vraiment mal. L'un des copains de Gil Rathke, qui a les yeux comme des phares et dégage autant de chaleur que les radiateurs électriques, veut danser en même temps avec Trina et moi, mais j'ai les jambes si molles qu'ils se retrouvent juste tous les deux à tournoyer autour de la pièce en riant aux éclats.

J'ai le tournis. Je m'efforce d'y remédier en m'allongeant sur un canapé en cuir adossé au mur et en fermant les yeux. Dans ma tête, un bourdonnement quasi électrique. Je commence à craindre de vomir, les zombie-cola sont si forts. Si je vomis, Trina sera dégoûtée et les autres se moqueront de moi, ce sera vraiment la honte. Il y a un petit moment, une des filles plus âgées – je crois qu'elle s'appelle Audra – a posé la main sur mon front, a dit que je n'avais pas l'air d'aller bien, m'a demandé quel âge j'avais et qui m'avait amenée ici, mais Trina lui a dit de se calmer, que la souris allait très bien.

Je ne vois plus Audra. Elle est sortie avec un des mecs de Lebanon et s'est esquivée.

C'est du délire : deux mecs bourrés sont en train d'essayer de décrocher un trophée de cerf, sur le mur au-dessus de la cheminée. Je l'ai pas mal regardée, cette tête de cerf, elle paraît tellement vivante, avec ses magnifiques bois, tel un arbre qui se déploie. Ses yeux de verre, fixés sur moi. *Moi aussi, j'ai été vivant, comme toi. Ton tour viendra.*

Poussant des cris et tapant du pied, un des mecs bourrés donne de petits coups de tisonnier sur la tête de cerf, comme s'il l'attaquait – si bien qu'elle se décroche et s'écrase sur le sol, bois compris. Tous s'esclaffent bruyamment, à part Gil Rathke, que ça gonfle, parce que c'est la maison de son grand-père et qu'il ne veut pas la voir saccagée.

Plus tard, Trina et Dolorès dansent frénétiquement. Les mecs n'en loupent pas une miette. Un type que je n'ai jamais vu auparavant, avec ce qui ressemble à un poignard tatoué sur le revers de la main, se penche vers moi.

– Sou-ris ! appelle-t-il, en essayant de me mettre debout. (Mais j'ai toujours pas mal la nausée.)

– Je le sens pas, dit un gars à la tête rasée. Elle est trop jeune.

C'est alors que je remarque qu'en plus d'Audra,

d'autres filles sont parties. Des mecs aussi. Pendant longtemps, des gens sont arrivés et repartis, mais maintenant il n'y a plus que cinq ou six gars. Et voilà que Dolorès a elle aussi disparu. À présent, il ne reste que Trina, moi et ces gars que je ne connais pas. T-Man est parti et Jax Yardman aussi, on dirait. Dans le pavillon, on voit qu'il y a eu de la casse. Il y flotte une odeur d'ordures brûlées. J'ai les yeux qui pleurent à cause de la fumée. À l'extérieur, le bruit d'une moto qui démarre, et voilà que je pense : *Crow est ici, il va me ramener chez moi.* Peut-être que c'est ce que je fais depuis le début : attendre Crow, m'imaginer qu'il va me ramener. Bien que je sache que Crow ne viendra pas. Qu'il ne me ramènera pas. Pourquoi T-Man est-il parti, n'était-il pas censé nous reconduire chez nous ? En dépit du froid, Trina danse pieds nus, simplement vêtue d'un petit débardeur et d'un jean. Ses jambes minces et sexy. Ces derniers temps, Trina a laissé repousser ses cheveux où se mêlent le blond platine, le blond délavé, le brun et des mèches violettes. Son visage est luisant de sueur et, en dansant, elle balance la tête d'un côté à l'autre, à croire qu'elle veut se casser le cou, et agite dans tous les sens des bras dont la minceur fait mal à voir. Le rock allemand a gagné en volume et les mouvements de Trina en brusquerie comme si, traversée par un courant électrique, elle ne pouvait plus s'arrêter.

Puis Trina pousse un cri perçant, les mecs la soulèvent du sol. La transportent dans une pièce au fond de la maison, et elle crie et donne des coups de pied – serait-ce un jeu ? Le mec au regard ivre, à la tête rasée et au nez en forme de groin s'efforce de me soulever, m'appelle la souris et me pince si fort le sein gauche que j'en gémis de douleur. Le type prénommé Ross lui donne un coup de main sauf que soudain je me mets à vomir, un truc grumeleux et acide me remonte à la gorge, je suffoque, j'ai un haut-le-cœur, j'étouffe, et les mecs me laissent vite retomber sur le canapé et, de là, sur le sol, dégoûtés.

Il est si froid, le sol où j'appuie mon visage brûlant. Je ne peux me retenir de tousser. J'ai quelque chose de poisseux dans les cheveux, quelque chose de poisseux sur le pull à côtes que ma tante m'a offert pour Noël. Mon jean est déchiré sur le devant. Une de mes bottes a disparu. J'essaie de me traîner quelque part afin de m'y cacher. La tête de cerf cassée – qui a perdu un œil de verre – est sur le sol, à quelques mètres de moi. J'entends hurler Trina. Les mecs crient et rient d'excitation. C'est ce rire d'hyène qui me fait peur. Je chancelle, j'essaie de ne pas tomber. Debout sur le seuil, je vois Trina nue sur un tapis crasseux, agitant les jambes tandis que les gars sont penchés au-dessus d'elle. Elle pleure, pleure pour de bon. Je dis :

– Laissez-la tranquille ! Ne lui faites pas de mal !

L'un des mecs se jette sur moi, me pousse et me claque la porte au nez. J'ai si peur, je frappe la porte avec mes poings et leur crie de laisser Trina tranquille, mais personne ne me prête attention et je m'enfuis alors du pavillon, trébuchant dans la neige et le verglas, cherchant désespérément du secours pour Trina. Je n'ai pas mon portable sur moi, il me manque la botte gauche, je panique à l'idée que les mecs me poursuivent et me fassent du mal. La peur au ventre, je titube à travers des buissons jusqu'à une maison située au bord du lac, à environ cent mètres, où plus tôt dans la soirée j'ai vu de la lumière. Je frappe à grands coups sur la porte, implorant ceux qui se trouvent à l'intérieur de m'ouvrir. Au bout de quelques secondes épouvantables, une lumière s'allume au plafond et un vieil homme ouvre la porte, que ma vue laisse bouche bée. Je le supplie de nous venir en aide, le supplie d'appeler la police, on fait du mal à mon amie.

14

… dans l’ambulance de l’hôpital de Yarrow Lake, qui tangue et cahote sur la piste non goudronnée menant à la route, tandis que la sirène hurle au-dessus de nos têtes tel un oiseau de mer pris de folie, les médecins m’autorisent à tenir la main de Trina. Elle gémit et se tortille sur le brancard, maintenue en place par des sangles, le corps sous des couvertures, à moitié inconsciente, sanglotante. Ses doigts fins et glacés serrent fortement les miens, et sa bouche enflée et ensanglantée laisse échapper des paroles presque inaudibles : « Ne me lâche pas, Jenna, reste avec moi. »

15

Pensez à tous ces lieux où vous n'êtes pas.

À tous ces lieux dont vous êtes absent.

Par exemple, c'est un jour de classe et vous n'êtes pas en classe. Et il n'y a personne à votre pupitre. Et votre prof principale le regarde fixement, perdant le fil de ses pensées, parce qu'elle a entendu dire qu'il vous était arrivé quelque chose, et que c'est pour ça que, ce matin, votre place est vide.

Toutes vos places, dans tous vos cours, pendant toute la journée. Vides. En milieu de matinée, le bruit commence à se répandre de ce qui vous est arrivé la nuit dernière, à Trina Holland et à toi. À la fin de la journée, tout le monde sait – ou sait quelque chose.

L'ambulance transportant Trina Holland parvient à l'hôpital de Yarrow Lake peu après minuit.

Jennifer Abbott est en « garde à vue ».

Quoi qu'il se soit passé, ça s'est passé au lac.

Une soirée, de la drogue et de l'alcool, des mecs plus âgés que vous, des dealers de Lebanon... Peut-être Trina et toi avez-vous toutes deux fait une overdose d'Ecstasy, ou de crack, ou d'héroïne. Peut-être avez-vous toutes deux subi un viol en réunion. Peut-être la police vous a-t-elle tous embarqués lors d'un raid anti-drogue ?

T-Man Dubie et Jax Yardman sont, eux aussi, absents de leurs cours. Peut-être que la nuit dernière, alors qu'elle faisait la bringue avec ses potes dealers, Trina Holland a finalement passé les bornes. Peut-être la gosse de riches pourrie gâtée a-t-elle été punie comme elle le méritait. Et toi avec.

– ... état stationnaire, c'est ce qu'on nous a dit. On ne pourra pas interroger Trina avant au moins vingt-quatre heures. Alors, Jennifer...

État stationnaire ! Je suis si soulagée d'entendre ça que je ne prête aucune attention à ce que l'inspecteur me dit d'autre.

– ... ce qui s'est passé hier soir, et à quoi tu as assisté. Que tu essaies de nous décrire ça en détail. S'il te plaît, Jennifer, prends ton temps, c'est très...

Les inspecteurs de Yarrow Lake, des messieurs d'âge mûr. Qui ont plus l'air de professeurs que de flics. La femme est celle qui me parle le plus, m'appelant *Jennifer*. Le plus fréquemment possible, *Jennifer*.

Parce que j'ai l'air tellement jeune, j'imagine. Frissonnante et apeurée. Un pansement d'un blanc immaculé sur le front, au-dessus de mon œil droit contusionné. Ma bouche enflée. Un genre de caillot dégoûtant dans mes cheveux – qui ont urgemment besoin d'un shampooing et d'un brushing.

Jennifer, c'est une manœuvre – on peut appeler ça comme ça – pour rendre les témoins moins nerveux. Les « témoins directs » d'un délit. Dans ce cas précis, de plusieurs délits. Les inspecteurs doivent donner au témoin l'impression qu'il peut leur faire confiance.

Doivent me donner l'impression qu'en leur donnant le nom des mecs qui ont agressé Trina Holland, je ne me mettrai pas en danger.

Parce que j'ai quinze ans et que je suis mineure, ma tante Caroline McCarty m'a accompagnée au commissariat. Pauvre tante Caroline ! Elle semble encore sonnée. Le choc qu'elle a eu, hier à deux heures quarante du matin, sous les néons aveuglants de la salle des urgences... Mon visage bouffi, enflé et ruisselant de larmes. Le sparadrap sur mon front là où, Dieu sait comment, je m'étais coupée. Ma bouche gonflée, là où je m'étais, Dieu sait comment, pris un coup de poing. Et mes cheveux, et le pull à grosses côtes qu'elle m'avait offert à Noël couvert de vomi séché. Ce choc se lit encore dans le regard que tante Caroline fixe sur moi.

Jusqu'à ce que la police de Yarrow Lake les appelle, les arrachant à leur sommeil, les McCarty pensaient que leur nièce Jenna était en train de dormir dans sa chambre, comme d'habitude. Sinon, où aurait-elle pu être ?

Pas de *Jenna, comment as-tu pu ?* On est bien au-delà de ça.

Pas de *Jenna, comment as-tu pu ? Comment, alors que nous t'aimons ?*

– ... comme tu le sais, des arrestations ont été faites sur

place, mais peut-être d'autres personnes impliquées ont-elles pu s'enfuir avant l'arrivée des agents. Nous comprenons que tu dois être bouleversée, désorientée, et tu ne connais sans doute pas l'identité de la plupart des hommes. Mais on a besoin que tu nous fournisses un maximum d'éléments, Jennifer. Tant que Trina Holland ne pourra pas faire de déposition, tu es notre unique témoin. Pour l'instant, tu peux être assurée que ton témoignage restera absolument confidentiel.

Je frissonne, j'ai si froid. Si peur. Un jour d'absence au lycée, c'est signe qu'il se passe un truc spécial. Mais là, ce n'est pas une bonne chose.

Pour l'instant. Absolument confidentiel.

Quand je ferme les yeux, c'est Trina que je vois : son petit corps nu sur le sol crasseux, jeté comme un chiffon, une poupée dévêtue. Trina hurle aux mecs de la laisser tranquille, ils lui rient au visage. L'un d'eux se jette sur moi. Furieux, le regard assassin, il me jette dehors et me claque la porte au nez.

Sûr que j'ai peur. De ce qu'ils pourraient me faire si je les dénonce.

Gil Rathke. Ross Skaggs. Osk. Le mec à la tête rasée et à la peau comme roussie, qui m'a appelée la souris et m'a pincé le sein comme s'il voulait me l'arracher.

Aux urgences, le sein meurtri a été examiné. Avait déjà viré à l'orange violacé. Tante Caroline a été informée, mais n'a rien vu. Tante Caroline a été informée de beaucoup de choses, mais n'a rien vu.

– ... dans l'hypothèse improbable d'un procès. Cinq

des suspects sont en garde à vue où ils sont soumis à un interrogatoire, dans les cas comme celui-ci, c'est la procédure de...

L'hypothèse improbable d'un procès ! Je ne comprends pas, mais j'espère que ce qu'on me dit est vrai.

J'ai la bouche engourdie, la lèvre supérieure enflée. Quand j'essaie de parler, ma voix paraît rouillée. Je vais raconter aux inspecteurs ce dont je me souviens, ça s'est passé si vite.

Comment ils se sont jetés sur nous. Sur Trina.

Comment, en quelques secondes, tout a changé. Comme une allumette qu'on craque et qu'on tient près d'une matière inflammable.

Il devait y avoir du speed. Pas juste de l'alcool et de l'herbe. Des gens bourrés, défoncés à mort, voilà ce que j'avais vu.

Passé si vite !

Une fois le truc déclenché, plus moyen de l'arrêter.

Ouais, je suppose. J'avais bu moi aussi.

Pas de drogue, juste...

Des « zombie-cola », de la vodka mélangée à du Coca light.

Autre chose dans les verres ? Peut-être bien...

... du placard à liqueurs de mon oncle. La vodka.

Non, en général non. Pas d'alcool fort. De la bière, surtout.

Jamais, avant ça. Pas quelque chose que j'avais pris chez...

Ni alcool ni argent. Des comprimés : OxyContin. Dans le tiroir à médicaments de mon oncle.

L'année dernière. L'automne dernier. Non.

Il ne s'est pas rendu compte qu'ils avaient disparu. C'était une vieille ordonnance.

Juste moi. À part celui que j'ai donné à Trina Holland.

Juste cette fois-là. À Trina. Parce que...

Oui. J'imagine. Assez souvent.

Le soir de Noël, c'était...

... un accident. Je ne voulais pas...

... un garçon du lycée, un terminale...

... ami de Trina, Jax Yardman...

... T-Man Dubie, je connais pas son prénom...

Non. Pas comme hier soir, jamais.

Des mecs plus âgés : Gil Rathke, Ross Skaggs, « Osk ». De Lebanon. Les autres, je ne les...

... pourrais les reconnaître, oui je suppose.

Par Trina, c'était Trina qui...

... les amis de Trina...

... l'ai entendue crier, j'ai poussé la porte et j'ai vu...

Ma déposition au commissariat prend toute la matinée. Ma déposition est enregistrée. Ma déposition contient tout ce que je sais au sujet de ce qui est arrivé à Trina Holland dans le pavillon de Yarrow Lake le 7 avril 2005 à minuit passé. Lorsque je l'achève, je n'ai presque plus de voix. J'ai des élancements à la tête. Ma tante Caroline a demandé la permission de quitter la salle d'interrogatoire tellement elle était bouleversée.

Mais quand les inspecteurs me raccompagnent à la porte, un peu plus tard, tante Caroline est là, qui m'attend dans une autre pièce. Elle parvient à me sourire, malgré son regard toujours hébété. Elle prend ma main dans la sienne, puis me serre dans ses bras, fortement, comme si elle craignait qu'on m'arrache à elle. Puis dit simplement :

– Rentrons à la maison, Jenna. Tu dois être épuisée.

16

Tellement désolée ne voulais pas
Sais pas pourquoi
Me sens si mal...
Plus jamais
Plus jamais
Plus jamais
PLUS JAMAIS

17

– Allô ? Allô ? Allô ? Trina ?

On raccroche. C'est le portable de Trina – du moins, c'est son numéro de portable que j'ai composé – mais personne ne répond à l'autre bout du fil.

Quand je rappelle, l'écran affiche INJOIGNABLE.

L'un des mecs a pu piquer le portable de Trina. Un de ceux qui n'ont pas encore été arrêtés. La police doit le savoir, non ?

Je ne peux pas appeler Trina à l'hôpital de Yarrow Lake, son téléphone ne peut être joint de l'extérieur. Je ne peux pas aller la voir, les visites n'étant pas autorisées. J'envoie une carte : « JE PENSE À TOI RÉTABLIS-TOI VITE », ainsi qu'une douzaine de fleurs en papier crépon que je fabrique moi-même, ayant besoin de me distraire pendant les cinq jours où je loupe le lycée et reste à la maison. Et de faire quelque chose de mes mains, quelque chose qui fera sourire les gens – mais j'imagine que ce n'est pas ce qui convient à Trina, elle ne me répond jamais.

Ma tante appelle la mère de Trina, mais nul ne décroche jamais. Il n'y a pas non plus de messagerie.

Je me demande combien Trina est mal en point. Quand on appelle l'hôpital, la standardiste répond qu'elle ne peut divulguer l'information. Quand on appelle la police, c'est pareil.

En première page du *Journal de Yarrow Lake* un article sur une seule colonne avec pour titre :

5 JEUNES DE LA RÉGION ARRÊTÉS
SUITE À UNE AGRESSION
UNE JEUNE FILLE DE YARROW LAKE,
17 ANS, HOSPITALISÉE

Le nom de Trina n'est évidemment pas mentionné. Il y a trois photos granuleuses des « agresseurs présumés », Gil Rathke, Ross Skaggs et Oscar Tybek, respectivement âgés de vingt-six, vingt-sept et vingt-quatre ans.

Même l'inspecteur Pelka, qui semblait bien m'aimer, ne peut – quand je la contacte au numéro qu'elle m'a donné – que me répéter d'une voix neutre ce qu'elle a déjà annoncé aux médias : les suspects sont en garde à vue, l'affaire fait l'objet d'une enquête.

– Mais... je suis Jennifer Abbott ! L'amie de Trina, qui était avec elle au...

– Je sais qui tu es, Jennifer ! réplique sèchement l'inspecteur Pelka. Mais je ne peux pas t'en dire plus. Nos informations sur Trina Holland sont confidentielles.

– Même sur sa santé ? Elle va bien ?

Elle ne répond pas tout de suite. Peut-être que je l'exaspère. Je songe : *Trina est maintenue en vie artificiellement, Trina est en train de mourir*, quand l'inspecteur dit, d'une voix qui semble vibrer de colère contenue :

– Tu entendras bien assez vite parler de ton amie, Jennifer.

18

15 avril
ohé ma louloute
on a vraiment foirré pas vrai !
merci d'avoir sauvé ma vie de nase
(j'imaginne)

t'étais la meilleure ami que j'ai jamais eu
j'ai été la plus merdique des amis mais maintenan c'est trop tard
je suis désolé (?)
peut-être que je suis pas désolé je suis sous fentanyl.
j'ai le nez cassé & il faut le faire raiparer
je fais peur a voir & le fentanyl me fait rire
je retourneré pas au lycée de yarrow (pour ce que ça me fait)
ma garce de mère nous embarque à tuxedo park new york
mes grands parents vivent à tuxedo park C'EST LA MORT
tu vois, je part sans dire au revoir
à personne d'ici pas même à crow
pas même à toi, si tu m'a sauvé la vie

je peux voir personne sans qu'ils me voient moi
& se disent qu'est-ce qui lui est arrivé !!!
et qu'ils pensent elle mérité ça, cette garce,
& ils auraient raison de le penser

louloute, t'as foiré autant que moi
t'aurais dû t'enfuire et te planquer
les mecs se serait occupé de moi après
m'auraient pas laisser seule à me les geler
(j'imaginne)

je veux plus jamais te revoir
je te déteste peut-être tu nous a planté
en appelant les flics c'est CAFTER

j'imaginne que tu voulais m'aider
je suis pas une BALANCE
je suis désolée pour moi c'est comme ça que c'est pocible
c'est pas pocible autrement

tes cartes et tes fleurs je les ai déchiré
le fentanyl ça fait rire & rire & ça fatigue et on dort
personne me manquera ici pas même crow

c'est cool on va me faire un nouveau visage pas dans
cet hôpital merdique mais à new york ou y a
des chirurgiens à la réputation mondiale des chirurgiens estiques qui refont
un visage cassé mieu que neuf

ma pommette a été défoncé et aussi mon orbite (droit)
c'est pas gil qui ma donné des coups de pied c'est un gars
avec des bottes à bout ferré
hé louloute si tu me voyais avec mon nouveau visage
quand on me l'aura refait tu me reconnaîtras pas
si t'avais pas gerbé toi aussi t'aurais droit à un
super nouveau visage !!!
des gros bisous & m'oublie pas trop vite

trina

ps : dis à crow que tuxedo park est entouré d'un mur de pierre comme alcatraz, pour que les bikers entrent pas.

19

Ça, c'est une surprise.

Pendant les cinq jours où je loupe le lycée, obligée de rester chez moi, mes profs m'envoient des mails, y compris M. Farrell – dont je croyais qu'il me détestait –, et M. Feldman qui dit qu'il m'aidera à faire mes devoirs d'algèbre, à mon retour. Mme Terricotte, ma prof principale, m'appelle pour savoir comment je vais, me dit que je lui manque et que je manque à toute la classe, ce que j'ai du mal à croire mais c'est quand même gentil de sa part. C'est la prof de gym, Dara Bowen, qui me parle le plus longtemps au téléphone, me félicitant d'avoir eu le courage de courir chercher de l'aide pour mon amie, et de témoigner contre les hommes qui ont agressé et violé Trina Holland, et soudain la panique m'envahit : *Comment sait-elle ? Tout le monde sait-il ?* La police nous a assuré, aux McCarty et à moi, que ma déposition demeurerait confidentielle, sauf en cas de procès, or aucun procès n'est prévu... Quand, une semaine plus tard, il s'avère que Trina refuse de porter plainte et d'identifier Gil

Rathke et ses amis, allant jusqu'à refuser de parler aux inspecteurs, Mme Bowen demande à me voir dans son bureau, après le cours de gym. Je ne l'ai jamais vue aussi bouleversée.

– Le seul message, ce sera que les mecs peuvent violer en toute impunité. Jenna, il faut que tu tentes de la raisonner. Vous pourriez témoigner toutes les deux, la communauté vous soutiendra ! Si ce sont les parents de Trina qui l'ont convaincue de se taire...

– Madame Bowen, je rétorque. Trina a quitté Yarrow Lake. Elle ne reviendra jamais.

C'est comme elle l'a dit dans son mail. Sa mère l'a emmenée vivre chez ses grands-parents. Aucune loi ne peut obliger une victime à déposer contre ses agresseurs, ni à s'entretenir avec les policiers.

Tuxedo Park, New York ! C'est près de Tarrytown. À croire que Trina Holland et Jenna Abbott ont échangé leurs places.

J'ai imprimé le mail de Trina, pour le garder. Mais je ne le montrerai à personne, pas même à ma tante. C'est le premier mail que m'envoie Trina, et je suis consciente que ce sera le dernier. C'est pas son genre, à Trina, de rester assise assez longtemps pour écrire de longs messages : pour taper on a besoin de coordonner son cerveau et ses doigts.

20

– Jenna ! Bonnes nouvelles !

C'est mon oncle, qui m'annonce ceci : il n'y aura pas de procès, je n'aurai pas besoin de témoigner contre Gil Rathke et ses amis.

Je n'aurai pas besoin de faire « publiquement » preuve de courage, pour finir.

L'accusation de viol n'a pas été retenue du fait que Trina, la principale victime, a refusé de déposer devant la police. Les procureurs du comté ont donc décidé de ne pas retenir mes déclarations. Gil Rathke et ses amis ont plaidé coupables, sur des chefs d'inculpation moindres : violation de propriété privée avec effraction, encouragement à la consommation d'alcool par des mineurs, possession de substances illicites (herbe, speed) et détention illégale d'une arme à feu (un calibre 38 a été découvert par la police sous le siège conducteur du 4 × 4 de Rathke).

Un revolver de calibre 38 ! Je n'en reviens pas. Au lac, dans le pavillon, ce soir-là, alors que j'y étais...

– Tu ne savais pas, Jenna. N'est-ce pas ?

De la bouche et non des yeux (car il ne me fait pas confiance), oncle Dwight sourit. Comme s'il me donnait l'occasion de me racheter par la parole.

– Non, oncle Dwight. Je ne savais pas.

– Tu crois que ton amie Trina était au courant ?

C'est au revolver qu'il fait allusion. Tout à coup, j'en veux à mort à Trina.

Si elle était au courant ou ne l'était pas. Si elle était au courant et s'en fichait.

Des mecs plus âgés que nous et archicool...

L'erreur, c'est de fréquenter Trina Holland.

Que dire à mon oncle, qu'il pourra croire ? À nouveau ? Venant de moi ? Après que je l'ai volé, lui ai menti, l'ai insulté ?

En me frottant les yeux, je dis :

– Ce n'était pas mon amie, oncle Dwight. J'ai eu tort de lui faire confiance.

C'est la bonne réponse, je suppose. Mon oncle a l'air de le penser.

21

Autre surprise : papa vient me rendre visite.

Trois jours : c'est le temps que papa compte passer dans le New Hampshire. Bien que ce soit pour lui une période très chargée – « frénétique » pour tout dire – il a libéré trois jours dans son emploi du temps du mois d'avril, pour les passer dans le New Hampshire. (Les McCarty ont invité papa à dormir chez eux, mais il a préféré la très réputée Auberge Buttrick, située à trente kilomètres de la maison, à Hanover.) Papa semble vieilli, avec ses mâchoires plus carrées qu'autrefois et son regard méfiant qui ne cesse de me scruter. Mais il est bronzé et ses cheveux, élégamment striés de gris, sont plus foncés que dans mon souvenir. Quand il m'a revue, papa m'a serrée fortement contre lui – l'attitude qu'on peut attendre d'un père qui n'a pas vu sa fille depuis plusieurs mois. Mais il y a quelque chose de contraint et de raide dans son étreinte, comme s'il n'était pas sûr de me connaître.

N'empêche que ça fait du bien d'être dans les bras de papa. Mes yeux ruissellent de larmes.

À croire que je suis émue, quand *je ne le suis pas.*

Papa a loué une BMW à l'aéroport de Hanover. Il m'emmène et nous longeons lentement le lac Yarrow, jusqu'aux contreforts des montagnes Blanches. Dîner à l'Auberge de Buttrick. Le lendemain, déjeuner au club nautique, à Yarrow Lake. La conversation de papa tourne surtout autour de La Jolla, de la nouvelle maison, de la nouvelle famille, des récents et très fructueux voyages d'affaires à l'étranger. Au lieu de murmurer « C'est super, papa ! » ou « Waouh, papa ! », je reste silencieuse.

C'est drôle comme plus une personne parle, moins elle en dit.

Il y a tellement de non-dits entre nous – comme maman, la collision, l'incident de Yarrow Lake. Nous sommes tels deux aveugles se cherchant l'un l'autre dans le noir, sans parvenir à se trouver. Papa essaie de ne pas exprimer ouvertement la colère et le dégoût que lui inspire sa fille, qui a encore merdé.

Peut-être aimerait-il m'attraper et me secouer de toutes ses forces. Tout comme il m'avait secouée au centre de rééducation de Tarrytown.

La dernière fois qu'on s'est touchés. Je me souviens.

Nous roulons sur une nationale, à quelques kilomètres à l'est de Yarrow Lake. En fait, peu importe où nous sommes, nous voilà coincés dans le même espace. Père, fille. Qu'est-ce que Crow avait dit, déjà ? « Il reste ton père, ça ne change rien. » Papa évoque la question de mon déménagement à La Jolla – sujet qui n'a rien de nouveau ni d'original – et je me tortille sur mon siège sans rien dire.

Puis papa passe au point suivant : il faut que je consulte un psychiatre, pas un psychologue. Je n'ouvre toujours pas la bouche.

Je m'attends à ce que papa me pose des questions sur le docteur Freer. Mais il doit avoir oublié son nom. À moins que les McCarty ne lui aient pas dit que j'ai cessé de voir le docteur Freer. Et pourquoi.

– Et puis, Jenna, il y a la cure de désintoxication.

– Comment ça, de désintoxication ?

– Tu le sais, ma chérie. Trop bien.

Tout en conduisant, papa tend la main pour prendre la mienne. Comme il ne la trouve pas, il lui faut se contenter de mon poignet, qu'il serre fortement.

J'ai peur. Je ne sais pas de quoi papa veut parler. De la drogue ?

– Mais... je ne me drogue pas, papa.

Papa éclate d'un rire sonore.

– Ohé, Jenna, c'est bon. C'est moi, ton papa. Les McCarty s'imaginent peut-être que tu n'as pas de sérieux problèmes de drogue, mais toi et moi on n'est pas dupes, hein ?

Papa a un sourire vaguement obscène et sinistre – genre mec cool au point de tout savoir de la vie secrète des petites paumées droguées de quinze ans. J'ai l'impression que mon cerveau s'embrase.

– Papa, je t'ai dit que je me droguais pas. Je t'assure.

– C'est pourquoi, le soir de Noël, tu as dû être transportée aux urgences pour un lavage d'estomac ? C'est pourquoi, il y a quinze jours, tu faisais la fête avec des dealers adultes ? Jusqu'à ce qu'ils s'en prennent à toi et...

Papa appuie sur l'accélérateur de la BMW. Nous faisons maintenant du cent à l'heure. À notre droite, la rive ouest du lac Mascoma. Je redoute qu'il n'y ait un pont, plus loin devant. Papa s'est préparé à cette discussion, deux Martini au déjeuner. Ce sourire obscène et sinistre qui plisse son visage bronzé. Ce qu'il voudrait demander c'est : *Tu as eu des relations sexuelles avec les dealers ? Tu es encore vierge ?*

Mes doigts se crispent sur la poignée de la portière côté passager. Mon cœur bat trop fort pour que j'aie les idées claires.

C'est alors que sonne le portable de papa. L'appel vient de son bureau de New York. Un souci, une crise dans les négociations avec Pékin.

Pour finir, papa part pour New York l'après-midi même. Deux jours dans le New Hampshire, c'est bien suffisant.

Et puis, il se produit ceci :

Un après-midi, vers la fin du mois d'avril, une chaude journée où il pleuviote un peu. Je commets l'erreur de quitter seule le lycée. Et, à peine en ai-je quitté les abords qu'ils m'entourent, surgis de nulle part, à croire qu'ils m'attendaient : T-Man, Rust, Jax Yardman. T-Man et Jax me menacent de toute leur hauteur. L'un d'eux me heurte par-derrière, l'autre se penche vers moi en ricanant.

– Espèce de balance, nos amis ont des ennuis à cause de toi. Maintenant, c'est ton tour d'en avoir.

Et Jax Yardman émet un bruit de succion avec ses lèvres, en me fusillant du regard.

Je les bouscule et m'éloigne d'un pas rapide. Je ne leur dis pas un mot, garde les yeux rivés droit devant moi. Je sais que courir est la dernière chose à faire, que ça ne ferait que les encourager à me poursuivre, tels des chiens. Je me dis : *Ils ne me feront pas de mal. Ils ne me toucheront pas.*

De tous les noms qu'ils me donnent, « balance » est le plus gentil.

– Eh, tirez-vous, espèces de connards !

C'est Crow, sur sa Harley-Davidson.

C'est Crow qui freine en dérapant, arrête la moto, en descend comme un fou pour hurler sur ses amis – ou ex-amis, j'imagine. J'ai pas mal peur. Je tremble et m'efforce de ne pas pleurer. Ces mecs qui se hurlent dessus, se cherchent...

Ce qui suit est confus, informe.

Dans ce quartier résidentiel en face du lycée de Yarrow, ça fait un drôle d'effet – comme si une série télévisée avait débordé dans la réalité.

Au début Crow et T-Man ne font que se bousculer. Puis ils en viennent aux poings. Tel un petit chien rusé, Jax contourne Crow pour l'attaquer par-derrière, sauf que Crow fait soudain volte-face et le pousse violemment. Jax tente ensuite de frapper Crow, mais se retrouve aussitôt sur le sol, l'air sonné. Rust bat en retraite, grimaçant et recroquevillé comme un homme qui a mal. T-Man, que Crow a atteint au visage, saigne du nez. Il donne de terribles coups de pied dans les jambes de Crow, mais ce dernier fonce sur lui avec une telle force que T-Man perd l'équilibre et tombe lourdement à terre. T-Man et Jax se relèvent péniblement. Rust recule, hors d'haleine. Crow, excité et furieux, s'avance vers eux, les poings levés. Or ils ne veulent plus se battre.

Crow réenfourche sa moto, qui tournait à vide sur le trottoir, et roule, triomphant, jusqu'à l'endroit où je me tiens. Il a le souffle court, le visage rouge et couvert de sueur. Un filet rouge s'écoule de sa narine gauche, et le devant de son blouson en cuir est moucheté de sang. Il me sourit.

– Monte, *chérie*. Je t'emmène loin d'ici.

Je dis à Crow que je ne peux pas. Peux pas monter sur une moto.

– Pourquoi ?

Je peux pas, c'est tout. J'ai peur.

Crow éclate de rire, on croirait entendre son père.

– Mince ! Moi aussi j'ai peur, mais c'est pas ça qui va m'empêcher de faire les choses. Allez, viens !

Après l'accident, l'horrible accident. Je ne peux pas. Peux pas.

Sauf que, fermant les yeux comme si je sautais d'un très haut plongeoir, j'y vais.

22

– Tiens-toi bien, *chérie.*

Oh oh oh ! J'ai le souffle coupé, le vent me frappe au visage.

Je resserre mon étreinte autour de la taille de Crow. Je m'accroche à lui. Je m'accroche à lui comme, de toute ma vie, je ne me suis jamais accrochée à personne.

Crow, avec son blouson en cuir éclaboussé de sang, son jean, et ses bottes de *biker.* Crow, avec son serpent tatoué sur le poignet. Crow, qui sourit au vent comme à un ami, qui n'a rien à craindre.

Cette folle chevauchée. Les rues de Yarrow Lake, parcourues à la vitesse grand V, soudain aussi peu familières que si on les regardait par le mauvais bout d'un télescope. *Oh ! Oh !* Quand Crow prend un virage, quand la moto louvoie au vent et que nous nous éloignons du lycée de Yarrow et des rues résidentielles. Nous sommes sur une route goudronnée, bordée d'un côté de terrains vagues et de saules récemment plantés dont le vert passe, comme dans un rêve, devant nos yeux. Avant que j'aie pu m'y préparer ou réagir, voilà que nous atteignons, puis franchissons un pont branlant, au-dessus d'un ruisseau qui, à la lueur du soleil, scintille comme du verre brisé.

– Ça va, *chérie* ? Tu veux qu'on rebrousse chemin ?

Dans le rétroviseur piqueté de rouille, je vois le visage de Crow, ses yeux rieurs qui cherchent mon regard. Aussitôt, je dis que je n'ai pas peur, que je ne veux pas rebrousser chemin.

Plus tard, je me demanderai si Crow n'a pas tendance à oublier mon prénom.

Pour un mec qui connaît autant de filles et de femmes, il est plus facile de les appeler *chérie*.

Je n'ai pas ce genre de pensées à présent, collée à Crow, m'efforçant de reprendre mon souffle, ouvrant de grands yeux humides et stupéfaits.

Comme nous sommes près du sol ! Comme nous sommes exposés au vent, et à la chaussée qui défile au-dessous de nous ! Comme le siège conducteur est large, juste devant moi – il me faut serrer la selle en peau de mouton avec les genoux, maladroitement. C'est un peu comme avoir les jambes écartées de force. Dans le rugissement brut et intense du moteur, j'ai les mâchoires crispées, le cœur qui bat à tout rompre. À croire que Crow est une flamme noire qui traverse le paysage en un éclair, et je suis emportée telle une enfant confiante, les cheveux claquant au vent et les yeux ruisselants de larmes. Je n'ai pas le temps de penser aux autres filles que Gabriel Saint-Croix a fait monter à l'arrière de sa moto, ou de me demander si elles le serraient aussi fort que je le fais, sidérée par ma propre audace. Pas le temps de me demander : *En étaient-elles amoureuses, elle aussi ? Ont-elles été aussi heureuses que moi ?*

Cette folle chevauchée. Je voudrais qu'elle n'ait pas de fin.

Ce à quoi j'ai le plus de mal à me faire, c'est au ciel au-dessus de ma tête. Je ne cesse de regarder en haut, comme si quelque chose clochait : je suis dans un véhicule dénué de toit. Un véhicule sans parois pour nous protéger, le chauffeur et moi. Pas le temps de penser : *Ai-je peur ? Suis-je terrifiée ?* Ça se passe trop vite pour le formuler.

Fin avril, un filet vert et luisant semble avoir été jeté sur toutes choses. Dans l'air flotte une odeur forte et âcre. Sur la route, au-dessous de nous, la chaussée déferle comme un fleuve.

Cette folle chevauchée, je voudrais qu'elle n'ait pas de fin.

23

– Essaie de voir, *chérie*. N'essaie pas de te souvenir.

Je ferme les yeux. Tant de fois, j'ai tenté de me souvenir, mais c'est la première fois que je tente simplement de *voir*.

– Continue à marcher. Ne t'arrête pas. Je peux te guider.

La piste en copeaux de bois est spongieuse sous mes pieds. La dernière fois que je suis venue ici, en novembre, certains tronçons étaient craquants de neige, d'autres boueux. Cet après-midi, l'atmosphère est celle d'un rêve : le ciel joue à cache-cache derrière des bancs de nuages vaporeux. À présent que nous ne sommes plus dans le rugissement de la Harley-Davidson, nous entendons chanter les oiseaux.

Des merles à ailes rouges, par volées entières dans les marais couverts de joncs, derrière la rivière Sable.

J'ai dit à Crow que je n'en gardais pas de bons souvenirs, de la piste partant de Yarrow Lake et longeant la rivière Sable et la passerelle du pont ferroviaire – que, prise de panique, je n'avais pu traverser.

Crow a aussitôt répliqué :

– C'est là qu'on va, alors.

– Je ne pense pas...

– Si, *chérie*. Nous allons traverser ce pont aujourd'hui.

– Mais...

Je lui ai parlé du pont de Tappan Zee. De ce qui s'y était passé, de ce que j'avais vu, ou de ce que je croyais avoir vu, sur la route, devant la voiture de ma mère.

Crow frissonne. Comme si les ponts le perturbaient lui aussi. Dans un murmure, je dis :

– Peux pas m'empêcher de penser que j'aurais dû mourir là-bas. Avec ma maman.

Ces mots sortent si naturellement. Pourtant, je ne les ai encore jamais entendus.

Je m'attends à ce que Crow s'oppose à une telle déclaration, comme le ferait tout adulte. Or Crow se contente de tressaillir, comme si une ombre passait au-dessus de lui.

– J'ai eu ce sentiment par rapport à des tas de lieux.

Crow dit cela d'une voix triste, d'un ton sans réplique. Une façon de dire : *Ne pose pas de questions. Pas encore.*

Crow me guide sur la piste, ma main dans la sienne. Je suis censée avoir les yeux fermés. C'est ainsi que je m'efforce de « voir » ce qu'il y avait sur le pont de Tappan Zee avant l'accident. Sauf que je triche. Je distingue un petit croissant aux contours flous, entre mes cils. La rivière au cours rapide. La rivière baignée de soleil. Sur l'autre rive, le marécage. Nous marchons depuis une dizaine de minutes, Crow a garé sa moto sur un parking, à côté de la piste.

C'est dans ces parages que lui et moi nous sommes rencontrés. Quand je venais d'arriver à Yarrow Lake. Quand je boitais et grimaçais de douleur parce que j'avais tenté de courir, bien que je ne sois pas prête. *Tu sais à quoi tu ressembles ? À quelqu'un qui a eu un accident de voiture.*

Je préfère oublier à quel point je me méfiais de Crow, alors. Que j'étais décidée – s'il s'approchait trop – à me mettre à hurler et à m'enfuir, terrorisée.

À présent, Crow me tient la main.

Me tient la main, de ses doigts tièdes et fermes.

Les mauvais souvenirs reviennent. J'avais oublié à quel point la rivière Sable était large à cet endroit, où une autre rivière vient la rejoindre avant qu'elle ne débouche dans le lac Yarrow. Et combien il était laid, le vieux pont dégradé par les graffitis.

Remarquant mes yeux ouverts, Crow me gronde :

– Ohé, fillette, tu es censée essayer de *voir* !

Il prend ça à la plaisanterie. Crow prend tout ce qu'il peut à la plaisanterie, l'échec en devient moins grave.

Revoilà les mauvais souvenirs. Les panneaux postés le long de la piste.

INTERDIT AUX MOTOS.

VÉLOS UNIQUEMENT POUSSÉS.

interdit aux chevaux.

ATTENTION : TRAIN.

– J'ai peur...

– Et alors ?

– J'ai changé d'avis, en fait je n'ai pas envie de...

– *Chérie*, ne t'arrête pas de marcher. Ferme les yeux. On se dirige vers le pont. On va le franchir.

– Gabriel, je ne pense pas...

– Gabriel ? C'est qui, ça ? Tu crois le connaître, Gabriel ?

Crow éclate de rire. Si c'est une blague, je ne saisis pas.

Je revois Claudette, la fille sexy et glamour, l'appelant Gabriel. Le taquinant d'une façon qui m'avait paru cruelle. Et l'expression de Crow, sombre et affligée. Une expression que je ne lui ai vue à aucun autre moment.

Je n'ose pas le questionner sur Claudette. Je rassemble mon courage pour l'interroger au sujet de Trina.

– Ne t'arrête pas, *chérie*. Là, ça monte un peu. Je suis ton guide, ton chien d'aveugle, Gabriel pour te servir !

Je commence à flipper. Par mes yeux mi-clos je distingue la piste raide, et la passerelle s'élevant deux mètres au-dessus. Soudain, ça ne me paraît plus une aussi bonne idée, je regrette d'avoir accepté l'expérience.

– Allez, Jenna !

Crow le connaît donc, mon prénom. Quand je ne suis pas *chérie*.

– On va franchir ce pont, une fois qu'on y sera parvenus. Ni avant, ni après.

Ça me fait rire, ce qui était le but de Crow. Être taquin, s'amuser de tout, c'est ainsi que Crow tient le coup.

N'empêche que j'ai peur. Je ne peux garder les yeux fermés, la passerelle est si proche...

– Quand tu es venue ici pour la dernière fois et que tu n'as pas réussi à franchir le pont, tu redoutais quoi, au juste ?

– Je ne sais pas… Qu'un train passe.

– Qu'un train passe, OK. Et puis ?

– Qu'un train passe pendant que j'étais sur le pont. Avant que je sois parvenue au bout.

– Et puis ?

– Je… je ne sais pas trop.

– Des trains, il en passe tout le temps ici. Sur la voie ferrée, naturellement.

Il a raison. J'avais oublié ce détail, j'imagine.

– Qu'as-tu de tellement spécial, Jenna, pour que les passerelles s'effondrent quand tu les empruntes ?

– Je… je ne sais pas. J'ai peur des ponts, c'est tout.

– C'est à l'autre pont que tu penses, au grand pont. Pas à ce petit pont à la noix.

Crow me serre la main très fort. Sa voix est tendue, comme quand il s'adressait à son père. Tout à coup, nous voici sur la passerelle au-dessus de la rivière. Elle est aussi étroite, et son bois a l'air aussi vieux et pourri que dans mon souvenir. À notre gauche, la voie ferrée surélevée, à un peu plus de deux mètres au-dessus de nous. Une odeur de bois mouillé et, sous nos pieds, le bruit effrayant de l'eau. En mars et en avril, avec le dégel et les pluies torrentielles, la rivière Sable est plus haute que je ne l'ai jamais vue.

Pas une rivière mais un fleuve. Un fleuve impétueux, assez profond pour qu'on s'y noie.

Pourtant Crow insiste pour que j'avance. Et je ne peux pas.

– *Chérie*, il n'y a pas de train. Je te le jure. Je regarde des deux côtés : *il n'y a pas de train* !

Je n'en crois pas un mot. Il ne regarde même pas. Il se moque de moi, pour lui je ne suis qu'une gamine...

Je suis une gamine. Je ne grandirai jamais. Je n'irai jamais au-delà du pont. Je ne verrai jamais ce qui s'y trouve, et ne le franchirai donc jamais.

– Laisse-la te traverser, Jenna, dit Crow.

– Que je laisse quoi me traverser ?

– Ta peur.

– Elle ne me traverse pas. Elle s'incruste.

– Fais le vide en toi, comme la lumière. Que la peur te traverse. Ne la laisse pas s'incruster.

– Je ne peux pas...

– Moi, je fais le vide en moi. C'est comme ça que je franchis l'obstacle.

– Toi ? Pourquoi ?

– Chaque fois que je prends un risque, sur une moto, dans un endroit comme celui-ci, avec quelqu'un d'autre... j'ai peur. Parce que je sais que les choses peuvent mal tourner et que je risque d'être blessé.

Je lui serre la main très fort. J'entends sa voix trembler, comme si on lui arrachait les mots de la bouche.

– Je sais que les autres peuvent être blessés, et je déteste ça.

– Tu détestes... quoi ?

– Ce que le monde nous fait. Enfin, à certains d'entre nous.

Crow paraît furieux, dégoûté. L'espace d'un instant, j'ai peur de lui, de la rage qui bouillonne en lui.

Crow semble d'abord décidé à ne pas s'étendre sur le sujet. Puis il dit, d'une voix basse et tendue :

– Mon frère, Paul, est mort dans un horrible accident à l'âge de treize ans. Je n'étais qu'un gosse, dix ans à peine. À l'époque, on vivait dans le Maine. C'était avant que ma mère ne nous quitte – en fait, c'est pour ça que ma mère nous a quittés... J'adorais mon frère et je le suivais partout où il voulait bien de moi. Paul et ses amis. Un jour, ils ont sauté et plongé dans une vieille carrière de pierre à environ deux kilomètres de chez nous, une carrière où les enfants n'étaient pas censés jouer. L'eau y était toujours glacée, même en été. Et profonde, sauf là où il y avait des rochers immergés. Paul pensait savoir d'où on pouvait plonger sans danger, et où c'était risqué. Il a donc plongé d'une falaise, à près de six mètres au-dessus de l'eau. Sa tête a heurté la pointe saillante d'un rocher et... ça s'est passé si vite. Paul nous a appelés depuis la falaise et, une seconde plus tard il était dans l'eau, sous l'eau, inerte... On aurait dit que son corps était cassé, un vieux chiffon. Les autres garçons ont voulu nager vers lui, lui venir en aide. Mais ce n'étaient que des gosses, et ils ont paniqué. Ils m'ont demandé d'aller chercher du secours et j'ai couru, couru, couru tout en pleurant... Je pouvais pas courir assez vite.

Crow s'essuie les yeux, s'interrompt.

Je dis à Crow que je suis désolée, que ça a dû être un cauchemar...

– Un cauchemar, oui. Encore aujourd'hui.

Je n'ai jamais entendu aucun homme parler comme Crow vient de le faire, avec une angoisse aussi manifeste. Jamais vu aucun homme essuyer les larmes sur son visage comme si celui-ci risquait de se briser en morceaux.

Pendant un long moment, nous gardons le silence. Je ne pourrais rien dire qui ne paraisse banal ou dérisoire. Je serre les doigts de Crow pour lui donner de la force.

À présent, Crow m'encourage à le suivre sur la passerelle. Je ne supporte pas de voir la rivière qui déferle si près – à quelques centimètres de nos pieds – sous les planches à l'air pourri.

– Ne regarde pas ! je t'ai dit.

Crow prend ma tête dans ses mains et, de ses pouces, me ferme délicatement les yeux.

– Maintenant, arrête de penser au lieu où tu te trouves. Oublie-moi. Concentre-toi sur le pont de Tappan Zee. Nous ne bougerons pas d'ici. Nous ne ferons pas un geste. Jusqu'à ce que tu *voies*.

Bien que j'aie les yeux fermés, je sens frémir mes paupières. Je ne vois rien. Le bruissement de la rivière, sous mes pieds, me fait l'effet d'un rugissement. La peur me paralyse peu à peu, je n'arrête pas de déglutir. L'intérieur de ma bouche est comme enduit de poussière. Maman change de file, nous nous engageons sur le pont de Tappan Zee. C'est un pont familier, mais très large. Et le fleuve Hudson, au-dessous, lui aussi tellement large.

Quelque chose m'agace, au niveau du tableau de bord : le CD que je veux mettre, et qui n'arrête pas ressortir, maman et moi venons d'avoir une discussion, je ne sais plus à quel sujet, je suis d'humeur irritable, j'ignore pourquoi, il me semble que ça m'arrivait de temps en temps, d'être dans cet état d'esprit sans savoir pourquoi, et maman qui tente de le découvrir, qui a envie de comprendre, qui s'efforce de me changer les idées, j'imagine, sauf qu'elle se mêle de ce qui ne la regarde pas, *Laisse-moi une chance, Jenna, je peux peut-être t'aider !*, mais je ne veux pas de l'aide de maman, j'ai quinze ans nom de Dieu, je ne suis plus une gamine, ça me fout vraiment en rogne de ne pas pouvoir mettre le CD, et j'ai tout fait comme il fallait, appuyé sur la touche « eject » pour recommencer, soudain il y a quelque chose derrière le pare-brise, quelque chose sur la route juste devant nous, je le vois nettement : un oiseau agitant ses larges ailes marron. Un faucon ? Un faucon à la tête brun foncé, au poitrail et à la queue striés, paraissant sonné, comme s'il venait de heurter le garde-fou du pont ? Je crie pour que maman ne percute pas le faucon, et tends machinalement la main vers le volant, maman me repousse et freine, freine trop violemment, la voiture fait une embardée, se met à déraper vers le garde-fou...

Tout à coup, je *vois*. Plus clairement que je ne l'ai vu sur le moment. Plus clairement que dans n'importe quel rêve. J'ai les yeux fermés, et Crow serre toujours mes mains dans les siennes, je pleure de soulagement : il y avait bien quelque chose sur le pont, ce n'était pas juste mon imagination, maman avait dû le voir elle aussi, dans ces derniers instants de panique maman sans doute avait compris.

– C'était un faucon, Gabriel ! Un faucon, sur le pont !

– Un faucon ?

– Il avait dû percuter le garde-fou et être sonné, mais parvenir à se remettre et à reprendre son vol. Je voulais protéger le faucon, je... je me suis accrochée au volant... j'ai pas rêvé... Il était vraiment là ! Ma mère a dû le voir elle aussi.

Crow me serre contre lui, me laisse pleurer. Me serre fort et me réconforte comme on réconforte un enfant malade. C'est la première fois qu'un garçon – ou qu'un homme – me serre ainsi contre lui. Je pleure, à croire que j'ai le cœur brisé. Ce qui est sans doute le cas.

– Je devrais le dire aux gens, non ? Que j'ai vu le faucon et que je me suis accrochée au volant, et que maman n'y est pour rien...

– Mon Dieu, non !

– Non... je ne devrais pas ?

La réaction de Crow me frappe par sa fermeté, sa rapidité.

Il m'aide à franchir la passerelle, me tenant par la main. J'ai l'impression d'être une convalescente qui réapprend à marcher. Le pont demeure effrayant, avec cette eau qui déferle si près des planches grossièrement ajustées. Si je m'arrêtais pour la fixer, ça me fascinerait et la peur ne ferait que s'accumuler en moi, mais Crow m'entraîne en avant.

– Pas de train, tu vois ?

Pas de train, le pont ne s'effondre pas, et soudain nous voici parvenus, sains et saufs, sur l'autre rive.

J'ai traversé la passerelle ! J'ai le tournis, je me sens grisée.

Tout à coup, ça me submerge : *à présent, je peux tout faire.*

De ce côté de la rivière Sable, la piste en copeaux de bois se poursuit jusqu'à Yarrow Lake sur deux ou trois kilomètres, invisible au travers du bois marécageux. Rien d'inhabituel sur cette autre rive, la piste est quasiment la même qu'en face. Dans les joncs, des merles à ailes rouges s'appellent les uns les autres ; dans le ciel, des oies du Canada volent en V. Ce ne sont pas des oies des neiges, leur plumage est gris bronze. Pourtant, elles forment le même motif, sont tout aussi belles.

Elles volent vers le nord. Dans le bleu. Où ?

Crow dit :

– On voit que c'est le printemps, d'après les oies qui migrent vers le nord. Elles sont censées préférer les climats plus froids.

Mes yeux se remplissent de larmes. Le soleil a quelque chose d'incandescent, derrière des bancs de nuages aussi légers que des voiles de gaze.

– Eh, Jenna, ne dis rien à personne au sujet d'aujourd'hui. C'est notre secret, vois-tu ?

– Au sujet du faucon ? Mais... si c'est vrai...

– En fait, tu ne sais pas ce qui est « vrai ». S'il y avait un faucon, ta mère l'a vu, donc c'est cool. Laisse tomber.

– Mais mon père, il a accusé ma mère de...

– Non. Tu as été blessée dans la collision, tu as fait une commotion. Comme dans un rêve, tu as le cerveau embrouillé. Moi aussi j'ai été commotionné, et plus d'une fois. À l'hôpital, sous analgésiques, on a la tête à l'envers. Des gens avouent des choses qu'ils n'ont jamais faites, seulement rêvées. Des choses atroces qui fichent leur vie en l'air. Bien sûr, tu peux essayer de modifier l'opinion de ton père, mais il se rappellera probablement toujours ce qui l'arrange. Les gens sont comme ça. Tu sais, et je sais. C'est notre secret. Comme mon papa. Il a vu des choses épouvantables au Vietnam, peut-être même en a-t-il fait, mais cette merde, il ne la raconte pas aux autres. Il ne le fera jamais.

Je n'en reviens pas. Crow a sûrement raison, je le sais. Mais c'est si différent de ce que dirait le docteur Freer. Elle voudrait qu'on discute du faucon sur le pont, de ce que j'ai ressenti en le voyant, de si je dois, oui ou non, en parler aux gens, etc. pendant des mois et des mois.

– Mais... c'est possible, d'oublier ? Je croyais que c'était mauvais, d'oublier ?

– Ne pas parler de quelque chose ne signifie pas l'oublier, Jenna. Je n'oublierai jamais mon frère. Personne dans ma famille n'oubliera jamais Paul. Mais nous n'en parlons pas. Pourquoi le ferions-nous ? Il est dans notre cœur. Tout comme ta mère est dans ton cœur.

Crow jette un coup d'œil à sa montre, il lui faut rentrer en ville. Il a du travail à la boutique, des livraisons à faire. Je vois le serpent vert lové juste au-dessus de son poignet, les poils noirs et épais de ses avant-bras. J'ai envie de tendre la main, de toucher le tatouage. Je lui trouve quelque chose de repoussant, et de fascinant.

Crow refranchit la passerelle, à grands pas, comme si ce n'était pas grand-chose, qu'il n'y avait pas de quoi avoir peur. Et qu'il nous avait oubliées, moi et mes inquiétudes. Il ne tourne même pas la tête pour voir si je suis capable de traverser seule le pont.

Bien sûr que j'en suis capable.

– Gabriel, tu m'as sauvé la vie.

– C'est qui, Gabriel ? C'est toi qui as sauvé ta vie.

J'ai couru pour rattraper Crow. Je suis tout étourdie. Je me frotte les yeux, mais je ris.

La moto de Crow est le seul véhicule sur le parking. De loin, elle a l'air puissante et flambant neuve. Vue de près, elle n'est ni neuve ni étincelante, mais piquée de rouille. La selle en peau de mouton est sale et râpée, la peinture noire du châssis s'écaille. Je suis à deux doigts de défaillir : je vais monter avec Crow, derrière Crow, les bras noués autour de sa taille.

Je pense *Crow m'a hypnotisée.*

Je pense *Crow m'a rendu la vie.*

Comment lui faire comprendre que je l'aime ? Je n'aimerai jamais personne comme je l'aime, lui.

Voyant mon expression, Crow me regarde comme il pourrait regarder le petit Roland quand celui-ci crie pour qu'on le prenne dans les bras et qu'on s'occupe de lui. Il sourit, visiblement heureux pour moi, heureux de me voir plus apaisée. Mais au fond, il n'est peut-être pas si heureux que ça. (Je la vois à présent, la mélancolie de l'homme triste et blessé dans le regard de Crow et dans les ridules sombres sous ses yeux – si semblables aux rides plus profondes de son père.) Crow en aurait presque assez de moi. Même s'il s'efforce de ne pas le laisser paraître.

– Tu ne m'aimerais peut-être pas autant si tu me connaissais, Jenna.

J'ai envie de protester : « Mais je te connais ! »

– Je ne crois pas que...

– Demande à ton amie Trina.

Si c'est une plaisanterie, elle est cruelle.

– Trina n'est pas mon amie. Plus maintenant.

– Je croyais que si. Tu ne m'as pas écouté.

– Je... je t'ai écouté. Mais toi aussi, tu l'aimais bien, Trina. Vous êtes allés ensemble vous faire tatouer...

– Elle t'a dit ça ?

– Le serpent... le serpent vert. Là, sur ton bras !

– Il y a des années que je l'ai. Trina est allée s'en faire faire un au centre commercial l'année dernière.

Crow éclate de rire – je suis vraiment trop naïve ! Il met son casque. Ça me blesse, qu'il me tienne ainsi à distance.

– Jenna, dès que j'aurai obtenu mon bac, je quitte Yarrow Lake.

– Tu t'en vas ? Mais...

C'est comme s'il venait de me gifler.

– Je m'installe au Québec. J'y ai de la famille, et je vais travailler avec mon oncle, qui lui aussi est ébéniste. Et puis... (Crow s'interrompt, m'observe.) Roland est là-bas.

À la manière dont Crow dit cela, à son ton nerveux, je sens que quelque chose ne va pas.

– Tu vois, *chérie*, Roland est mon fils.

– Quoi ? Qui...

– Roland est mon fils. Je suis son père.

– Son *père* ?

Je parle comme un personnage de dessin animé. Je suis complètement sonnée.

– Claudette, que tu as croisée dans la boutique de mon père, est la mère de Roland, elle est divorcée. Je l'ai connue il y a quelques années, lors d'un été passé au Québec. On s'est fréquentés, on est sortis ensemble. Claudette a cinq ans de plus que moi. Au début, je croyais qu'elle voulait juste s'amuser. Et puis c'est devenu sérieux... Quoi qu'il en soit, conclut brusquement Crow, Roland est notre fils.

– Votre fils ! À toi et...

Moi qui prenais Claudette pour la sœur de Crow !

Pendant un moment, j'avais même pensé que Roland était le fils de M. Saint-Croix.

– On ne s'entend pas toujours, elle et moi. Claudette voit d'autres hommes. Elle prétend ne pas pouvoir me faire confiance. Elle ne veut pas encore se marier. Elle aime les hommes, va jusqu'à flirter avec mon paternel... tu l'as vue à l'œuvre !

Crow sourit pour montrer que ça ne le dérange pas, mais son visage a la même expression féroce et tendue que lorsqu'il s'est battu avec T-Man.

– Toujours est-il que je m'en vais. Claudette est peut-être une garce, mais on est d'accord sur une chose : un petit garçon a besoin de son père.

Tout ce temps, je me suis tenue à un mètre de Crow, le fixant sans faire un geste. J'ai les yeux baignés de larmes. J'ai envie de protester, de lui dire : « Tu vaux tellement mieux que Claudette ! Tu es la personne la plus merveilleuse que je connaisse ! »

J'ai envie de crier que c'est trop injuste. Crow va quitter Yarrow Lake, je ne le reverrai jamais.

– Maintenant que tu peux traverser le pont, Jenna, tu n'as plus aucune raison de pleurer, me taquine-t-il.

– Je ne veux pas que tu t'en ailles, Gabriel. Je t'en prie.

Sur le point d'attacher la sangle du casque sous son menton, Crow se ravise, le retire et m'en coiffe.

– Pour toi, *chérie*. Au cas où.

Je dois être comique à voir, le bas du casque m'arrive au-dessous du menton. Crow rit, je suis tellement stupéfaite. Il encadre mon visage de ses mains. L'espace d'un instant, je crois qu'il va me fermer les yeux comme il l'a fait à la rivière mais, au lieu de ça, il se penche pour m'embrasser.

Un baiser tiède. Aussi léger qu'une plume.

– Je suis ton ami pour toujours, *chérie*. Tu le sais.

« Mais Crow » – voudrais-je protester – « je t'aime ».

Au lieu de ça, je dis, le plus calmement possible :

– Moi aussi, je suis ton amie pour toujours, Gabriel. Pour de bon.

24

Je crois que j'ai envie de vivre, maman.
De vivre éternellement !

25

Jen-na ! Jen-na !

À mi-parcours de la course, je l'entends. En martelant de mes pieds la piste en terre battue, je l'entends. Dans la dernière ligne droite du 800 mètres, je l'entends.

Jen-na ! Malgré la pulsation du sang dans mes oreilles, je l'entends, distincte parmi les autres voix – exaltée, surexcitée.

La coureuse qui est en tête franchit la ligne d'arrivée, en short et tee-shirt gris et doré – les couleurs du lycée de Yarrow. Une deuxième coureuse passe la ligne – tee-shirt bordeaux du lycée de Canaan. La troisième coureuse est une des nôtres. Et la quatrième : c'est moi.

Sur dix ! Quatrième !

En sueur, haletant comme un petit chien. Je boitille, j'ai les cheveux dans la figure et je commençais vraiment à flancher vers la fin, n'empêche que je suis si *heureuse* !

Mes coéquipières s'étreignent les unes les autres. Dara Bowen me serre dans ses bras. Le lycée de Yarrow vient de remporter l'épreuve du 800 mètres. Nous avons le tournis, nous rions. Nous sommes épuisées mais victorieuses.

L'épreuve qui suit – une course de 1 500 mètres – sera disputée par d'autres membres de notre équipe. Peut-être ne gagneront-elles pas. Peut-être ne remporterons-nous pas les compétitions d'athlétisme avec le lycée de Canaan. Mais nous avons remporté l'épreuve du 800 mètres et ça nous comble de joie.

Tante Caroline vient m'embrasser. Sans se soucier de mon tee-shirt mouillé de sueur.

– Jenna, tu as été fantastique ! Qu'est-ce que je t'avais dit !

Mes petits cousins Becky et Mikey me félicitent eux aussi.

Ainsi je ne suis pas la coureuse la plus lente de l'équipe du lycée de Yarrow.

Je ne serai jamais la plus rapide, mais quelle importance ?

Maman ne s'en souciait pas. Tante Caroline non plus.

La capitaine de l'équipe, une nouvelle amie à moi, me fait un clin d'œil.

– Eh, JJ, faut bien que quelqu'un arrive quatrième !

JJ, ça devient mon surnom ici. Pourquoi, je n'en sais rien.

On transpire tellement que c'en est dégueu. On a toutes besoin de prendre une douche et de se changer. Je suis encore essoufflée. J'aurais pu arriver cinquième, j'aurais pu arriver dixième. J'aurais pu m'effondrer à mi-course – j'ai une douleur au genou. Mais il n'en a pas été ainsi. Je suis si *heureuse*.

C'est une chaude journée de mai. J'ai seize ans. Presque un an a passé depuis l'accident. Je revois la Honda blanche s'engager sur le pont, si vaste qu'il semble déboucher sur le néant, *dans le bleu*. Dans le ciel, des oies des neiges volent en formant un V.

Ici aussi, les oies volent au-dessus de ma tête. Ce sont elles que j'entendais. Pas des oies des neiges, mais des oies du Canada. Elles émettent, tout en battant des ailes, d'étranges cris qui évoquent des voix humaines – de plus en plus faibles. Pourquoi ? Je me le demande. Je regrette de ne pas avoir posé la question à Crow. Peut-être aurait-il su.

Crow disait que les oies migrent vers le nord, et les climats plus froids. Que ça signale le printemps.

Après les rencontres d'athlétisme, Christa Shaw nous a invitées dans sa maison, qui est toute proche, pour fêter la victoire. Peut-être, je lui dis. Peut-être que je viendrai me joindre à vous, dans un petit moment.

D'autres livres

Wiz
Albin Michel

Sherman ALEXIE, *Le premier qui pleure a perdu*
Jay ASHER, *Treize raisons*
Jennifer BROWN, *Hate List*
Susane COLASANTI, *La pluie, les garçons et autres choses mystérieuses*
Elizabeth CRAFT et Sarah FAIN, *Comme des sœurs*
Elizabeth CRAFT et Sarah FAIN, *Amies pour la vie*
Cath CROWLEY, *Graffiti Moon*
Sharon DOGAR, *Si tu m'entends*
Claudine DESMARTEAU, *Troubles*
Stephen EMOND, *Entre toi et moi*
Norma FOX MAZER, *Le Courage du papillon*
Neil GAIMAN, *Coraline*
Neil GAIMAN, *L'Étrange Vie de Nobody Owens*
Neil GAIMAN, *Odd et les géants de glace*
Gregory GALLOWAY, *La Disparition d'Anastasia Cayne*
Kristin HALBROOK, *Rien que nous*
Johan HARSTAD, *172 heures sur la lune*
Mandy HUBBARD, *Prada & Préjugés*
Alice KUIPERS, *Ne t'inquiète pas pour moi*
Alice KUIPERS, *2 filles sur le toit*
Graham MARKS, *Tokyo – Perdus dans la grande ville*
Sarah MLYNOWSKI, *Parle-moi*
Sarah MLYNOWSKI, *2 filles + 3 garçons - les parents = 10 choses que nous n'aurions pas dû faire*
Sean OLIN, *Qui veut tuer Britney ?*
Kit PEARSON, *Le Jeu du chevalier*
Yvonne PRINZ, *Princesse Vinyle*
William RICHTER, *Dark Eyes*
Meg ROSOFF, *Maintenant, c'est ma vie*
Meg ROSOFF, *La Balade de Pell Ridley*
Rinsai ROSSETTI, *L'Envol*

Jennifer RUSH, *Amnesia*
Polly SHULMAN, *La fille qui voulait être Jane Austen*
Lauren STRASNICK, *La toute première fois*
Dan WELLS, *Partials*
Gabrielle ZEVIN, *Une vie ailleurs*
Gabrielle ZEVIN, *Je ne sais plus pourquoi je t'aime*
Gabrielle ZEVIN, *La Mafia du chocolat*
Gabrielle ZEVIN, *La Fille du parrain*

www.wiz.fr
Logo Wiz : Laurent Besson

Composition Nord Compo
Impression CPI Bussière en décembre 2013
à Saint-Amand-Montrond (Cher)
Éditions Albin Michel
22, rue Huyghens, 75014 Paris
ISBN : 978-2-226-25531-0
ISSN : 1637-0236
N° d'édition : 17731/03. – N° d'impression : 2006204.
Dépôt légal : janvier 2014.
Loi n° 49-956 du 16 juillet 1949 sur les publications destinées à la jeunesse.
Imprimé en France.